希平方

攻其不背

只要30天，馬上成為英文通

希平方創辦人**曾知立**◎著

CONTENTS

PART 3 英文達人的通關密技：計畫式學習

CONTENTS

PART 4 從「攻其不背」體驗計畫式學習

PART 5 用計畫式學習準備多益考試

來自各方的推薦語

在臺灣的小孩，缺少聽說環境，即便上了英文課，通常也說不得一口好英語，相信這是許多人的共同缺憾。《攻其不背！只要30天，馬上成為英文通》從兩個臺灣小孩的視角，以說故事的方式告訴我們，其實學英語很輕鬆；只要方法正確，用簡單的工具，就可快速掌握英語聽說能力。推薦學生及家長，這本書可以幫助你，重建英語學習的信心，打開一扇機會之窗。

——前交通部政務次長曾大仁

在臺灣學習英（美）語有先天性的缺陷 ，沒有說英語的環境，學校一般是考試導向，死背死記效果不佳，常言工欲善其事，必先利其器，學習方法變得非常的重要。

本書作者Charlie現身說法，把他父親教導的方法，讓他能在短短一個暑假英語能力便能突飛猛進的秘方，給予系統化及資訊化，讓每個學子都能親身體驗，只要用此方法持之以恆，便能在

攻其不背！
只要30天，馬上成為英文通

短期內進步神速，一生受用。

——台大資管所教授曹承礎

學英文已經由過去的重要性，移轉到必要性，當今網路上最新訊息、資訊查詢都是英文介面，想要擁有更快的資料，這是年輕世代學英文的最好動力。希平方由傳統的學習英文方式，走向多元的模式，開啟了學英文的樂趣！值得推薦！

——中廣流行網「理財生活通」節目主持人夏韻芬

這20年來從事於ICRT主持工作，我最常被問到的問題就是「如何能學好英文呢？」而我一致的答覆就是要多聽、多複習，以及多說、多模仿。

當然在一開始的學習路上，多多少少還是得去記和背單字，但只光靠死背真的很快就會碰壁了。而《攻其不背》這本書裡所教的，就是如何用自然的方式學英語，讓你更理解什麼是學習英文的進階式邏輯，以及更懂怎麼去複習和套用計畫式的學習。

——ICRT FM D.J. Joseph Lin

知立是極富熱情的創業家、運動員和老師。他以自身的學習經驗，將有效的學習計畫以及活潑的線上學習工具結合，成功幫助許多人克服英語學習障礙。有決心，但還在苦惱找不到學習方法的你，書中介紹的方式值得一試！

——台大會計學系副教授陳坤志

學習英文，也必須符合心理學及記憶方法的基礎。「攻其不背」讓我一直為英文所苦的狀況獲得不小的改善。

——台南大學行政管理學系副教授吳宗憲

作者從學習者的角度理解學英文的困境，並提供實際可行的學習計畫與方法，對於有心學好英文卻找不到有效途徑的學習者而言，會在書中找到清楚的策略。

——國立臺灣師大附中英文教師林秀娟

學習語文沒有捷徑！

知立把中學時期父親教導兄弟倆學習英文的成功經驗，不藏私的與眾人分享，提供英文情境對話，輔以計畫式學習方式幫學習者複習，而且聽說讀寫一次到位，真的會讓你（妳）的英文突飛猛進。

——資深媒體人葉啟承

前言
計畫式學習對我一生的影響

英國語言學兼心理學家法蘭克・史密斯（Frank Smith）說過：「One language sets you in a corridor for life. Two languages open every door along the way.（會一種語言帶你來到這花花世界。會兩種語言則打開你人生路上的每一扇門。）」母語把我們帶到充斥著各式各樣精采門窗的人生長廊，給了我們閱讀這些門牌的基本能力。可以想像在這些門窗背後，等待著的是多麼精采的花花世界，但就因為少了那把語言的鑰匙，我們看不見。

聽著異國歌曲優美的旋律，卻無法瞭解深刻的歌詞意義；跟著導遊走遍世界各地，卻無法感受文化起源的溫度；看著一部又一部翻譯的美劇，卻抓不到美式幽默的笑點。就是少了點什麼，總有那種隔靴搔癢的感覺，相信每個人或多或少都曾經歷過。

我跟所有臺灣七年級的前段班一樣，第一次正式學英文是在國中一年級，那時候從最基本的字母、音標開始學起。還記得當年負責我們班英文科的謝老師是一位雖然即將退休、但對英文仍充滿熱情的熱心大叔，他用中規中矩的傳統教學方式，替我們累積單字、文法等基本功。我在班上還算用功，成績大都保持在前十名，經過老師三年的諄諄教誨，參加高中聯考成績也不差，英文得到95分，考上師大附中。

但是國中三年累積的英文程度非常有限，課本教過的字彙不過1000個，要在生活中應用是不夠的。1998年，高一升高二那個暑假，剛好小我一歲的弟弟也考完高中聯考，於是父親從8月開始，帶著我和弟弟進行計畫式學習的英文魔鬼特訓，短短30天的密集訓練，我們的英文突飛猛進，開學後打開課本，竟然整本書找不到一個生字，自此以後，我們再也不用費心學英文。這個訓練徹底改變了我們的人生。

直到2005年出國留學、工作，英文成了我最大的助力，讓我在美國加州輕易融入當地文化，在當地生活。不論是通過校隊甄選、參加同學的house party，或是上商學院的案例分享課程，甚至畢業後在矽谷找工作，有了英文這項工具，每扇窗戶都為我敞開。

2012年從矽谷回到臺灣，我決定和父親、弟弟一起創業，當時我們的主題很明確，就是要做英語教育，於是開始認真研究臺灣的創業生態。我們到處請教圈內的前輩，每次被問到的第一個問題是：「你們要教英文，憑什麼？」當他們得知我有在美國念書跟工作的經驗，每個人的反應就是：「原來住在美國，難怪英文那麼流利可以教書。」

他們以為我是小留學生，在美國待得久自然英文好。然而，他們不知道的是，在高一以前，我和當時臺灣將近300萬高中生的學習條件都一樣，受過的英語教育不比別人多。成長過程中唯一和別人不同的，就是當年暑假那次魔鬼特訓。

一個暑假的改變

2005年8月27號，我站在舊金山國際機場的入境大廳，人生第一次踏上美國領土。從沒驗證過英文程度的我，心裡忐忑不安，不知道自己的英文到底行不行。寄宿家庭的父母依約到機場接我，第一次見面打過招呼後，我的疑慮就一掃而空。用英文簡單的跟菲律賓裔的他們聊了幾句，我發現自己的英文程度除了溝通無礙，可能比大半輩子住在美國的他們兩位還要好得多。

從小到大，在臺灣求學的各個階段，我都是排球或籃球校隊，對自己的運動細胞特別有信心，所以當我隻身到美國念書，心裡一直有個夢想，那就是有一天我要成為第一個打進NBA的臺灣人。想當初小時候看喬丹帶領公牛隊贏得六次NBA總冠軍，我就盤算著哪天一定要站在NBA殿堂上跟他對抗。於是，抵達寄宿家庭的那個下午，我放下行囊，第一件事就跟他們說：「I want to play basketball. Can you please take me to the basketball court?（我想打籃球。可以帶我去附近的籃球場嗎？）」

經過大約15分鐘車程，他們把我載到一個看起來很「街頭（ghetto）」的公園，長得跟好萊塢電影裡演的貧民窟一模一樣，空蕩蕩的廣場正中間，斑駁的鐵絲網圍繞著一個籃球全場。隔著鐵絲網，圍牆邊的幾個黑人正跟外面的墨西哥人嘰嘰喳喳，似乎在進行某種交易。把我放下後，他們丟給我一張地圖，把我的位置圈起來，然後用另一個紅圈圈標出他們家，告訴我等等結束自己回去。我當時趕著去打球，沒想什麼就一口答應了，誰知道結束要回家，短短15分鐘的車程竟然走了整整一個小時！

不過走路其實也沒什麼，最讓我難忘的回憶，還是走上球場那一瞬間的感受。我環顧四周，身邊都是黑人或墨西哥人，看不到一個白人或亞洲人，我是唯一黃皮膚、黑眼睛的外來者。當我走上前，很自然的想報隊，沒人理我。接著我不斷找時機，一次又一次對他們說：「Can I have next?（我可以打下一隊嗎？）I'll play next!（我要報隊！）I've got next!（我報了下一隊！）」完全沒人理我，即使當時我非常確定自己說的都是標準籃球術語。

20分鐘後，終於給我逮到一個機會，有個場上的黑人扭到腳被抬下場，我立刻跳上去替補。打了一陣子，這些當地人發現我這高個子滿好用的，會掩護（screen）卡位（box out）還會搶籃板（get rebounds），還把球都給他們投，於是開始大受歡迎。美國文化很重視英雄主義，尤其在這種路人場（pick-up game），幾乎每個人拿到球就只想自己運球過人，然後出手投籃，壓根不會考慮傳球。當他們發現我不但願意「做苦工」，還會把球分享給他們表現，自然想找我一隊。

贏了幾場球，到場下休息的時候，一個隊友開始跟我聊天，他問我從哪來，我說：「I'm from Taiwan.（我從臺灣來。）」他說：「I'm not asking about your ethnicity. Which city are you from?（我不是問你的人種。你是從哪個城市來的？）」那時我才發現，原來簡單聊過幾句，他以為我是當地長大的亞裔移民，問我從哪個城市來的。當我告訴他：「I've just landed this afternoon. This is my first time coming to the US.（我剛下飛機。這是我第一次來美國。）」他驚訝得下巴都快掉下來，問我怎麼英文說得那麼標準。原來他在學校也見過臺灣留學生，發現就算他們待了好幾年，卻都還是無法用英文溝通。

那時我才真正感受到當年魔鬼訓練的驚人成效，讓我藉由英文這個工具無縫接軌，直接搭上兩邊文化的橋梁。後來在加州大學畢業後找工作，更驚覺語言可以改變人生際遇，因為身邊很多朋友，不論在學校或職場，遇到語言溝通問題而遭受歧視，越待越沒有信心，最後放棄一切回國，實在很可惜。

在美國第一天籃球場的震撼教育，讓我體悟到兩件事。第一，我可能打不了NBA，因為即使是路邊隨便找的球場，場上每個人都在飛來飛去，不論身材或先天體能都比亞洲人強太多，就算當年我在臺灣已經算是佼佼者，到了美國擠破頭恐怕也很難進入NBA的殿堂。第二，實際和美國人面對面溝通以後，肯定了當年自己的英文學習成果，也讓我決定將來一定要把這麼神奇的學習方法和大家分享。

於是我把多年累積學英文的觀念和方法整理出來。看完這本書，照著我們的方法做，相信每個人都可以跟我和弟弟一樣，英文突飛猛進！

PART 1

學英文的五個迷思

迷思 1 出國留學、度假打工就有英語環境？

在討論這個問題之前，我們要先瞭解什麼是英語環境？學任何語言都需要那麼一個環境，讓你身在其中不斷練習。舉我們自己學中文的例子，幼兒時期，我們跟在父母親身邊，從他們身上，我們聽到「眼、耳、口、鼻、桌子、椅子」這些詞彙，不斷重複薰陶之下，我們開始模仿，開口說出這些詞彙。

父母聽到小寶寶開口說話，當然非常高興，於是鼓勵我們繼續模仿，大量練習。**所謂語言環境，就是一個讓你可以不斷重複接收資訊（聽讀能力），同時輸出資訊（說寫能力）的地方。**

很多人以為只要到了美國、澳洲、英國等英語系國家，自然而然就處在英語學習環境中，那還真是大錯特錯！

美國舊金山灣區、洛杉磯或紐約、澳洲雪梨或墨爾本的中國城、英國倫敦的Soho區中國城，都是這些英語系國家裡面華裔移民最多的地方，隨處都可以找到華人餐廳、超市。

根據我自己待過矽谷、洛杉磯、紐約和倫敦的經驗，只要會說中文，在那些華人區域絕對餓不死。也就是說，如果真的想要置身在英文環境，整天待在華人區，跟說中文的朋友混在一起是沒有幫助的。

走出舒適圈，正面迎向挑戰

當年我是把英文能力準備好才去留學，所以一下飛機就能無縫接軌，直接融入當地生活，跟美國人交朋友。但當時我身邊有很多來自臺灣、日本、韓國、大陸的朋友，連語言檢定考試都還沒通過就到美國，希望透過當地的英語環境學好英文。但是到頭來，他們之中有很高比例因為語言能力不足，花了不少的金錢和時間，不但學位沒拿到，連英文都沒學好就打包回家。

所以收到美國高中、大學或研究所的正式錄取通知，有時候不見得是好事，因為剛入學的時候，學校都會舉辦英文能力檢定考試（placement test），沒有通過的學生會被刷掉，要求去語言學校完成英文學分課程（ESL）再回來上課。

ESL課程分為12個等級，一個學期才升一級，萬一被分配到初級班，光是ESL就要花個二到三年，學費和生活費非常可觀。所以我都會建議身邊的親朋好友，**如果要到美國念書，請至少先具備通過placement test的能力再出發**。

每次有朋友跟我說想去澳洲度假打工、想去舊金山遊學、留學，我的建議是，真的要創造英語環境，就不要跟著打工團、遊學團，也不要去華人區。但也有人說到異地打工、留學、遊學很辛苦，有朋友在一起可以互相幫忙，在我看來，其實那都是不願意走出舒適圈、給自己找的藉口。如果真的藉口這麼多，又何必花大錢、浪費時間，跑到十萬八千里外給自己找麻煩。

另外也有人以為在那邊上ESL，學校要求全英文上課，這樣就是英語環境了！為了研究語言學校的課程，我在2009年跑到柏克萊去研究一個朋友上的ESL課程，發現在那個課程的班級裡，統統都是來自日本、韓國、大陸的學生。整整三個月跟亞洲同學混在一起的結果是，他學到了幾句日文、韓文，至於英文，他只學會「I'm from Taiwan.」、「Party tonight?」還有幾個當地酒吧裡cocktail（調酒）的名稱，進步非常緩慢。

善用資源，打造英語環境

真正的英文環境，是指生活中的一切，小至餐廳點餐，大至學校分組報告，統統都用英文進行，只要身邊有一點「說中文也通」的環境，惰性出現，大多數人就很容易給自己找藉口。

如果真的願意吃苦，把自己丟在美國中部或北部的幾個州，像明尼蘇達、威斯康辛等幾乎沒有華人的區域，為了吃飽活下去，硬著頭皮也得說英文，當然那就會是一個很棒的英語環境。但其實不用出國，也可以自己創造英語環境。

以我的經驗來說，當年父親幫我和弟弟用大量閱讀創造了讀、寫環境，但聽、說的情境不容易創造。父親便用他自己發明的語言學習機搭配CD教材，讓我和弟弟不斷重複聆聽，創造了聽的環境。而在說方面，父親協助我們用「跟讀訓練」（shadowing）的技巧，大量模仿英文母語人士的說話方式。學習的過程中，其實我也不知道這樣的訓練對實際生活有沒有幫助，後來到美國才終於實際驗證了跟讀訓練的成效。

如今網路使生活更便利，只要上網搜尋，可以找到很多英語學習資源。不過也正是網路的自由性，讓每個人都可以隨意發表意見，搜尋後會發現很多英文學習網站內容未經審核，錯誤百出，讓許多英文老師直搖頭。學生就像白紙，沾上什麼墨水就會呈現什麼顏色，一旦吸收到錯誤的知識，將來要改正可能得花上超過三倍的工夫，得不償失。

只有選擇真正有效並有系統、有信譽甚至擁有獨特方法專利的教學資源，才能在有趣又無負擔的狀況下，擁有最棒的英文環境。

迷思 2 學英文不可能速成？

很多人不相信真的能在30天內學好英文，為了證明不是只有我們做得到，我帶領學生仿照當年父親教導的方法，雖然他們無法像當年我和弟弟一樣，每天學九個小時，但也努力安排了一天兩個小時的學習進度，變成迷你版的計畫式學習。

實際操練的魔鬼訓練營

訓練的第一天，我們先搭配影片進行，當遇到較艱深的生字、片語、文法句構或是文化差異等重要學習觀念，我就為大家說明。

理解整個句子後，我會帶著大家進行跟讀訓練，直到每個人都習慣這樣的學習模式，再進行分組訓練。兩個小時後，確認每一位同學都已經完整學會，第一天的課程便告一段落。

第二天，我們做的第一件事，不是開啟一個新課程，而是先複習昨天學過的內容，這也是父親設計的計畫式學習的重點。因為前一天的課程還記憶猶新，複習起來也特別順利。

我們一樣逐句理解、跟讀訓練，花了大約30分鐘完成複習流程，接著，再開始學習新的進度。在剩下的90分鐘裡，同學們非常有效率的完成第二天的新課程進度。

接下來我們繼續推進安排好的學習以及複習計畫，完成扎實的複習訓練，到了第五天，我準備驗收大家的成果。

在完全沒有預告要考試的前提下，當他們第一次聽到要進行聽寫測驗，每位同學都直冒冷汗，覺得光是聽聲音就得寫出所有英文課程內容，根本是天方夜譚。但當電腦逐句播放完全沒有字幕的影片，同學們發現，雖然有些字不確定怎麼拼，但重複播放幾次以後，竟然聽著聲音、看著畫面，也能將一個個詞彙聽寫出來。

完成第一個句子後，大家更有信心，第二個句子寫起來也更加流暢，30分鐘後，大家都完成了第一次的聽寫測驗。當下我立刻給同學們評分，發現他們聽寫的正確率竟然將近九成。結果證明當年這樣的計畫式學習對每個人都有效。

這次的教學計畫持續了一個月，參與的學生每天努力學習兩個小時，扣掉周末休息，總共累積了40個小時的學習時數。整個計畫結束後，大家的反應都很有趣。

難以想像的驚人成效

一位30多歲、在台北市政府服務的女士跟我說，她以前只要不小心轉到沒有字幕的英文節目，就會覺得聽到的都是火星文，耳朵直接拒絕聲音進入。經過這個月的訓練，她現在看到旅遊生活頻道的廚藝節目，竟然聽得懂一部分型男大廚們的英文對話內容，非常開心。另一位生技公司的業務專員在學習計畫結束後，仍繼續按照我教她的方法學習，兩個多月後，她代表公司去美國參展，竟然可以跟外國客戶溝通無礙，讓她感到很神奇。

其實，這群同學經過短期密集的訓練後，在聽力和口說方面都可以看到顯著的成效，字彙片語應用方面，也累積了不少知識。

這次實驗證明，只要有強烈的學習動機，加上適當的引導，用計畫式學習的概念集中火力努力前進，想要在30天內成為英文達人，每個人都做得到！

迷思3 年紀大、記憶力不好就沒救？

有些人以為學語言是小朋友的專利，過了那段黃金時期就沒救，其實我完全不這麼認為。

30年前，我的父親正值不惑之年，為了將貿易事業拓展至歐洲，他和母親一起自修德文和法文。當時他們分別花了一年的時間精通這兩個語言，順利將事業推向國際。

回顧父親學習多國語言之路，除了母語中文以外，沒有一種外語是在所謂小朋友的「黃金時期」學會的。而且今年邁入古稀之年的他，仍然保持長年養成的閱讀習慣，每天充實自己的語言能力。

為什麼有些人認為小朋友的腦袋就像海綿一樣，可以無止境的吸收知識？仔細觀察孩子學母語的方式會發現，他們從牙牙學語到能夠掌握基本文法，完整的表達自己，平均至少要花費四年的時間，而且在這四年中，扣除睡眠，小朋友幾乎全部的時間都在學習語言。

另外，在成長過程中，他們的大腦理解認知能力尚未發育完全，和成年人相比，他們實際學習所需要的時間和努力，其實有過之而無不及。如果我們有「小朋友學語言比大人更有效率」的錯覺，很有可能是因為大家對小朋友的學習成效沒有如大人一般嚴格看待所造成。

只要方法對，年齡不是問題

從19世紀以來，學者開始針對年齡影響學習能力這個主題做各式各樣的研究，早期大多數人支持所謂「學習關鍵期」的理論，也以為只要過了黃金時期，大腦就會開始鈍化。

不過近年來的研究顯示，成年人也許在肌肉和腦部的協調性或是行動能力上，無法和兒童或青少年相比，但他們在單純知識的學習上更有優勢。事實證明，複雜且難度較高的行為對於高齡學習者來說，需要精通的時間甚至會比青少年更短。那到底是什麼原因造成許多年紀大的朋友放棄學習？追根究柢，其實成年人較複雜的生活經驗才是妨礙學習的最大元兇。

攻其不背！
只要30天，馬上成為英文通

幼兒在學語言的過程中，目標很明確，執行方式也很簡單，他們依偎在父母的懷裡，或像個跟屁蟲在爸媽身後，不斷聆聽模仿，直到能夠發出一樣的聲音。然而成年人往往很難心無旁騖的學習，尤其生活在行動網路時代，身邊到處都是聲光干擾，想要靜下心學習還真不容易。

不過只要動機夠強烈，搭配好的計畫，把語言學習變成習慣，成年人會比小朋友更有效率。

後面的章節我會跟大家分享，如何按表操課讓學習外語成為一種習慣。不論是五歲的小朋友或者是超過55歲的學生，經過精心設計的計畫式學習後，再也不會有年齡會影響語言學習成效的迷思。

迷思 4 非得說一口標準英文才能跟外國人溝通？

出國留學前，我曾經以為如果要用英文跟外國人溝通，一定要說得跟他們一樣流利，甚至咬字都得連音，他們才聽得懂。後來到加州留學，認識了來自世界各地的朋友才發現，就連身在美國，只要來自不同街區、不同成長環境背景，就會有各種不同的腔調、用語。

當我第一次走進加州有名的電子產品量販店Fry's，發現從店內業務、櫃台結帳人員、售後服務專員到現場客戶經理，幾乎清一色都是印度人，想從他們身上得到協助，我就必須聽懂他們特有的印度腔英文。

雖然英文是印度的官方語言之一，但由於他們的母語印地語的發音和英文截然不同，即使他們的用字遣詞是百分之百的標準英文，還是會帶著非常重的印度腔，就像含著滷蛋饒舌一樣，不太容易理解。

後來因為參加當地球隊，認識了許多因公或是移民到美國、住在加州的日本人。跟他們相處的過程中，除了學到不少日文單字，也發現以日文為母語的人在說英文的時候，很難改掉的發音習慣。

他們幾乎無法發出R的捲舌音，所以每次遇到單字裡有R，只能發出L的聲音。另外因為日文的尾音較長較重，只要他們遇到像是F、K、P、S、T這類氣音結尾的生字，幾乎都會拉得特別長也發得特別重，別人會聽得很辛苦。

但不論是和印度客服或是日本朋友交談，只要多接觸幾次，基本上都能夠聽懂各式各樣不同腔調的英文。

從遣詞用字到字句的節奏聲調

其實不只是國際腔調，就連英語系國家也因為地域不同，會產生截然不同的腔調、慣用語，而當他們初次見面，彼此之間還未必能百分百互相理解。

世界主流英語系國家大致包含美國腔、英國腔、澳洲腔、紐西蘭腔、南非腔、印度腔，其他還有菲律賓、新加坡等同樣將英語列入官方語言的國家，也都有不同的特色腔調。每種腔調都是標準英文，沒有誰對誰錯，但如果我們在用英文溝通的時候，要說一口別人聽得懂的英文，的確有幾個需要特別注意的重點。

首先，說話的內容要正確。用字遣詞、選字這些基本功，還是必須具備，否則牛頭不對馬嘴，人家問你天氣你回答食物，這樣子發音再好也沒用。

當你聽懂對方問題並且知道如何對答以後，就要開口說出來，這時有個關鍵很重要，那就是你說英文的節奏。什麼是「說英文的節奏」呢？簡單來說，**任何語言都一樣，我們在說話的時候，都需要斷句。斷句在口語表達中，就體現在講話過程中的停頓、換氣等動作**。

光是這樣解釋可能還有點抽象，我舉個中文每次提到標點符號重要性必用的範例：「下雨天留客天天留我不留」。在不同的位置標上不同的標點符號，這整句話體現出來的句意便截然不同。

英文也一樣，很多時候相同的文字在不同地方標上逗號，或是說話的時候在不同的地方停頓、換氣，整句話要表達的意思會完全不一樣，而在溝通過程中，要讓對方清楚聽懂，最重要的就是把這些停頓、換氣的位置表現出來，也就是搞清楚我們說的「節奏」。

這裡我再用一個簡單的英文範例跟大家解釋「節奏」的重要性。如果媽媽問你：「Did you do your homework?（你有沒有做作業？）」這時候你想回答：「I did not only my homework but also my household chores.（我不只做了作業，還做了家事。）」但如果你在說的時候，停頓點放錯，跟媽媽說：「I did not...（我還沒……）」就在這裡停下來，媽媽會以為你沒有做功課，後果可想而知！

不快不慢，保持適當的語速

實際在日常生活中想用英文表達，不論是簡單的對話或是發表一段演說，掌握說話的節奏非常重要。記得有一年我參加由諾貝爾經濟學獎得主Peter Diamond主講的經濟論壇，現場發問非常踴躍，其中一位提問的同學先自我介紹，說他是來自麻省理工的中國留學生，接著就開始用機關槍般的語速，把事先準備好的講稿念出來。

他花了將近一分鐘，問了一個大約250到300字的問題，不知道是因為緊張，還是想要展示自己的英文能力，他在提問的整整一分鐘內，從頭到尾幾乎沒有停頓換氣，其實在我聽起來，他的發音咬字相當標準，幾乎接近美國人的程度，但最後Diamond博士用幾乎一個字一個字念出來的聲音跟他說：「I do not understand you. Can you slow down a little bit?（我聽不懂你說什麼。你可以講慢一點嗎？）」當場讓他面紅耳赤，重新把問題慢慢說了一次。

日常生活對話中的英文語速落在每分鐘130到150字之間，新聞播報的語速當然比較快，但也不過就是每分鐘180字左右，像那位同學機關槍一般地說話，就算發音腔調再好，美國人也是聽不懂。

所以想要說一口能溝通的好英文，並不是咬字、發音、腔調好就有用，最重要的還是對話內容的準確度，還有對於說英文節奏的掌握，至於如何訓練，後續我會更詳細說明。

不同情況下的語速

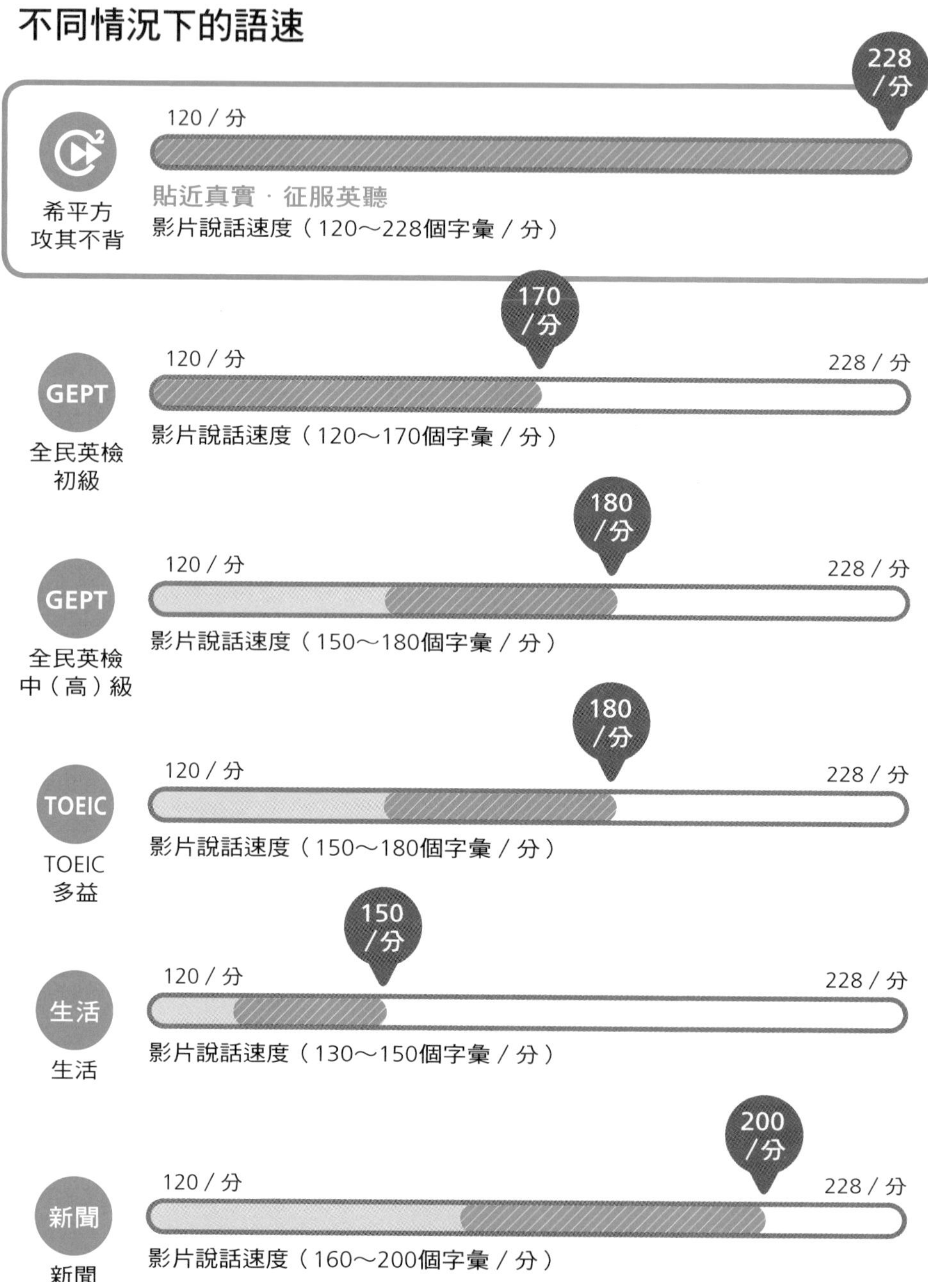
228 /分
120 / 分
希平方
攻其不背
貼近真實．征服英聽
影片說話速度（120～228個字彙 / 分）
170 /分
120 / 分
228 / 分
GEPT
全民英檢
初級
影片說話速度（120～170個字彙 / 分）
180 /分
120 / 分
228 / 分
GEPT
全民英檢
中（高）級
影片說話速度（150～180個字彙 / 分）
180 /分
120 / 分
228 / 分
TOEIC
TOEIC
多益
影片說話速度（150～180個字彙 / 分）
150 /分
120 / 分
228 / 分
生活
生活
影片說話速度（130～150個字彙 / 分）
200 /分
120 / 分
228 / 分
新聞
新聞
影片說話速度（160～200個字彙 / 分）

迷思 5 不是母語，就無法用英文思考？

常有人問我怎麼在生活中用英文思考？為什麼即使背了一大堆考試單字，真要跟外國人說話時，大腦就當機不聽使喚。他們的狀況大致分成以下兩個情境：

1. 我很習慣聽到英文就先在腦袋裡翻譯，如果對方說的一句話裡面有幾個生字片語或表達方式我聽不懂，就完全無法理解，更別提用英文回答。再者，很多外國人說話好快，我才剛聽到前面幾個字，還在消化吸收想著要怎麼翻譯，對方已經劈哩啪啦又講了一整串，根本來不及反應，要怎麼溝通？

2. 就算真的運氣好，聽懂外國人在說什麼，輪到自己開口時，腦袋一片空白，明明都想好中文要怎麼回答，卻找不到合適的英文字彙片語表達。即時對話根本沒時間讓自己構思好中文，再慢慢查字典翻譯，怎麼做才能避免腦袋裡面只想到中文，卻無法用英文思考的窘境？

其實以上情境分別代表兩個學習面向的問題，第一個情境是input（輸入）的問題，而第二個情境是output（輸出）的問題。

在input這一關，其實從小到大接受傳統教育的我們，已經背了好多單字片語，甚至有些人還強迫自己死背了許多名言佳句。照理來說，既然腦袋中已經塞滿這麼多英文知識，怎麼還會聽到卻來不及反應？會有這樣的狀況，其實跟學習方法有很大的關係。

善用資源，讓生字跟生活結合

回想一下，過去為了考試，我們都做些什麼準備：考試前，我們會拿起課本、單字卡或手抄的筆記背誦字彙片語甚至文法句構，當下那些記憶在腦袋裡會像字典注釋一樣，一條一條的，很方便考試時大腦存取，但考完試，基本上就統統歸零。

未來即使再次遇到那些生字片語，腦中依稀也許有個當初學過的印象，但因為背過的注釋一條一條都長得好像，根本無法分辨，腦袋也就無法存取。

那要怎麼解決這個問題呢？道理很簡單，就跟我們學母語的方式一樣。小時候在工地看到挖土機，興奮的問媽媽那是什麼，看著工人開著挖土機前前後後工作著，下次在書上看到「挖土機」這三個字的時候，腦袋浮現的絕對不是字典上的一條注釋寫著「挖土機：可挖掘砂土或岩石的機械的總稱」。腦袋中會出現的是，當初在工地看到那台會走來走去還會挖土的工具車。

然而從小到大，我們接觸太多只有文字內容的教科書，沒有機會跳出書本看看真實世界，加上英文課的目的似乎也只有應付考試，而當時的考試也不怎麼注重英文聽力，所以我們走在路上看到那台挖土機的時候，不會去思考它的英文怎麼拼、怎麼說，也不知道外國人講到excavator的時候，聲音聽起來是什麼樣子。當學習的內容無法跟生活連結在一起，臨時想要應用這個語言就會出現以上的窘境。

想要改善這樣的狀況，就要從根本的學習方法開始改變。過去傳統書本教材，需要搭配老師透過額外補充說明，才有機會幫助學生創造情境。今天活在網路時代，當然要善用影音教材，盡量讓學習內容跟情境、聲音連結，透過影片的輔助，一樣可以創造學習環境。

補強input，讓output更流暢

而在output這一關，其實不只臺灣學生有這樣的狀況，放眼整個亞洲，只要是非英語系國家的學生，在學英文的過程中，或多或少都會遇到開口就腦袋一片空白的窘境。語言的output得透過「口說」和「寫作」兩個媒介，但當我們的input不足時，想用這個語言表達自己就變得格外困難。

就像前面提到，當那些死背的字彙片語都只是詞條般的注釋，沒辦法直接連結生活情境，遇到要開口說或動筆寫的時候，腦袋裡要表達的畫面就只能跟自己熟悉的母語連結，這也是為什麼學生們的腦袋裡總是先出現中文，然後再去將那些中文翻譯成英文。

想要徹底戒掉中英文轉換的思考模式，除了以上提到的影音情境，還得在學習過程中多幾分努力。當年父親督促我和弟弟學英文的時候，除了透過情境理解課程內容，更要求我們多次複習，讓我們熟悉英文在那些情境中的用法。

其中最重要的環節是，在複習的過程中，父親把我們學習時所做的中文注釋或翻譯筆記都蓋起來，要求我們回想、思考，從前後文情境裡面找到提示。我們發現如此學會的內容，竟然可以

直接跟生活連結，後來不論是聽到別人用英文敘述，或自己想要用英文表達類似情境，都能夠自然而然從腦袋中反射，不需要經過先想中文再翻英文的過程。

PART 2

認清自己，七帖秘方對症下藥

秘方 1 瞭解自己，學習才會有效率

回想人生第一次的英文啟蒙，應該是六歲的時候。當時母親從圖書館借回來一本英文字母和發音的童書，開始帶著我和弟弟從「A、A、A，欸、欸、欸；A、Apple！」「B、B、B，嗶、嗶、嗶；B、Banana！」這些基本的字母發音開始學起。

後來上了國中，學校開始從最基本的單字、文法、句型教起，當時老師總是將課本的文法概念整理成板書，而我們只要好好抄筆記，消化吸收老師講解的重點即可。跟著學校進度，我也慢慢理解名詞、動詞、形容詞的不同，漸漸學會幾種主要英文句型。

國中三年加上高中三年，我們的英文學習僅止於閱讀和寫作，這個階段的收穫就是「跟著課綱內容加強文法概念，為了應付考試順便背一些生字」。

聽得懂也要能夠開口說

在學校雖然累積不少基礎文法概念和簡單的字彙，但所有的知識都是以文字形式儲存在腦海，因此對聽力可說是完全沒有幫助。

記得當時我為了測試自己的聽力，打開電視轉到探索頻道，把字幕遮起來，嘗試透過英文旁白瞭解影片內容，卻發現所有的聲音傳到腦袋中就像火星文，一個字都聽不出來。後來在父親的計畫式學習訓練中，他強調學英文不只需要閱讀、書寫，也要能夠聽懂，能夠開口用這個語言跟人溝通，於是他為我們加入了大量的聽力訓練。在這個階段，透過不斷重複聆聽，我們漸漸熟悉這個語言的聲音。

當然，溝通不是只有單向的「輸入」，也要開口「輸出」。但是這對亞洲人來說，比起「聽力訓練」，「口說練習」更加艱難。我認為主要原因還是在文化薰陶之下，在成長的過程中，我們被教導要懂得謙卑，不可以過度表現自己，有十分能力也只要表達七分就好，正因如此，我們很害怕開口。

原本就很少有機會開口說英文，偶而走在路上難得遇到外國人問路，因為害怕犯錯，大多數人的直覺反應就是「No English!

Sorry!」在這樣的環境背景下，想練習英文口說又更加困難。還好父親給我們的訓練除了大量重複聆聽以外，還用「跟讀訓練」的方式引導我們，最終才讓我們習慣開口說英文。

經過那年暑假的魔鬼訓練後，我們的程度突飛猛進，簡單的基本生活會話應用可說是溝通無礙。但偶然與外國朋友聚會，想跟他們聊較深的話題時，卻發現英文程度不足，造成無法完整明確的表達自己的困境。

記得有一次我邀請外國朋友到家裡體驗傳統中式新年，我們要包水餃。有人問我水餃的餡料怎麼做，如何料理。

當時的我，腦袋中只有「cook、water、food」這幾個字彙，即使想要告訴他每種餡料的名稱，並生動的描述怎麼用大火把水煮開，再把生水餃丟下去，加水三次煮熟起鍋，但最後從我口中迸出的卻只有「You cook dumplings in the water.（你在水裡煮水餃）」。雖然沒說錯，也算是回答了問題，但跟自己腦袋中想到的表達方式卻差了十萬八千里。

後來我自己繼續用計畫式學習的方式累積各種情境字彙，其中也包含了料理食物的主題，終於知道當時自己若是用以下說法，便可以回答得更精準：「Our Chinese dumplings are made of pork and leek. The ingredients also include salt, ginger, soy sauce, and rice wine. You can boil the water in a stock pot and cook the dumplings for 10 minutes.（我們的水餃是用豬肉和韭菜做的。配料還包含鹽巴、薑、醬油和米酒。你可以在湯鍋中把水煮開，然後將水餃煮十分鐘即可。）」

學英文的循序漸進六個階段

到美國留學，很多當地朋友都以為我是從小在美國長大的移民第二代，但其實我和真正在美國受過高等教育的大學英文程度還有一段距離。

舉例來說，在美國看電影是沒有字幕的，遇到科幻電影，出現高科技或魔幻場景，常常會使用一些比較艱深冷僻的字彙，沒有接觸過那些情境是聽不懂的。多看幾次不同題材的電影後，我發現如果是生活、愛情喜劇，不需要字幕，我大約也能聽懂95%。但如果是科幻片，可能就會遇到醫學或是未來科技的描述無法聽懂。處在這個階段，還想繼續提升程度，需要的則是持續大量累積字彙，盡可能接觸各式各樣的情境，久而久之，英文這個語言自然不會生鏽。

我把學英文的過程歸納整理成六個階段，分別是「學習字母和發音」、「學習基礎文法概念」、「看得懂卻聽不懂」、「聽得懂卻說開不了口」、「會基礎會話但無法深度溝通」、「接近母語人士仍需精進維持實力」，針對不同階段都有最合適的訓練方法，下面我會一一介紹這六個階段，希望能幫助大家對症下藥。

秘方 2

第一階段「學習字母和發音」

英文的26個字母和發音就像中文的37個注音符號一樣，是學習這個語言的基礎。在臺灣健全的基礎教育下，幾乎每個人都學過26個字母，如果英文考試只要把A到Z念出來甚至寫出來，相信大家都可以考滿分。

但談到英文發音，是不是每個人看到26個字母的組合都能念出來，那就不一定了。過去學校都會教音標，相信很多人也知道音標分好幾種，有DJ音標、KK音標，還有國際音標或是萬國音標，好像很複雜。但其實近代臺灣的英文學習應用的主流是KK音標，用途是幫助查紙本字典的時候，在沒有聲音的輔助之下，能夠找到發音規則。

自然發音法成主流

不過自從電子字典、網路字典甚至行動字典開始盛行後，都能直接聽到發音，音標的必要性似乎漸漸消失，因此學校也慢慢把教學重點轉移到更能直接幫助學生瞭解發音的「自然發音法」（phonics）。事實上，不論是否要學音標，或是學習哪種系統的音標，自然發音法都是初階學英文時應該具備的技能。

自然發音法其實一點都不困難，一般成年人要搞清楚自然發音的基本規則，一小時已經足夠。但重點是除了搞清楚基本規則，日後學英文時，要不斷重複練習、應用，才可以很快掌握自然發音的應用方法。

網站上也有不少跟發音相關的軟體，希平方也有一個免費的自然發音教學網，你可以掃一下旁邊的QR code試試看。

秘方 3 第二階段「學習基礎文法概念」

世界上很多語言學家都在爭論關於「文法」之於語言學習，到底重不重要？小時候牙牙學語的過程中，相信沒有父母會搬出文法規則教小朋友，大家都是自然而然的從生活周遭的事物中累積字彙、片語。慢慢熟悉那些表達方式後，再從環境中模仿大人講話的邏輯，學會使用母語。這樣聽起來，學語言好像真的不需要特別鑽研文法！

母語和外語的學習環境大不同

但再仔細想想，學母語的過程中，難道真的沒有任何文法概念在其中嗎？其實不然，大人講話的邏輯就已經包含了該有的文法規則，當我們大量重複聆聽、模仿時，已經在不知不覺中吸收了那些概念，只是沒有人把它們包裝成所謂的「文法規則」。父母每天重複跟小朋友說：「來吃早餐。」多聽幾次以後，小朋友開口模仿自然不會說成：「來早餐吃。」雖然並沒有刻意強調語序，但小朋友不知不覺間，已經能夠用正確的方式表達。

這種從甚至還沒有記憶就開始學母語的方式，藉由模仿，在無意之間養成習慣，進而打造口語能力，一切聽起來都很自然、很簡單，但如果真要用這個方法學習，必須要有非常完整的語言環境。如果沒有父母親或保母在身邊示範，小朋友不可能無中生有，突然學會一個語言。因此，對於周遭沒有英語環境的我們，想要完全依賴學母語的方式學好英文，難上加難。

把基礎文法運用在日常生活中

把英文當成外語來學，首先我們要瞭解，這個外文和中文的規則是不太一樣的。從小到大，學校已經教過我們太多的英文文法規則，但如果只是為了考試死背，這些規則將永遠也無法派上用場。反之，如果瞭解文法規則的目的，是幫助我們理解英文的脈絡，那麼在學習的過程中，你會發現文法是個很棒的工具。

所以，我給英文初學者的建議是，首先認識那些最基礎的文法概念，學的時候不要死背，而是想辦法將學到的規則用在生活中。舉個實際的例子：剛學會動詞時態的「過去式」，知道英文很多動詞的過去式要在字尾加上-ed，馬上想一個學過的動詞，像是watch這個字，想想我昨天看了電視怎麼說，就會出現「I watched TV yesterday.」，馬上驗證學過的規則。

當然這只是一個初級文法中簡單的例子，除此之外還有許多規則。到底哪些才是這個階段必備的文法知識呢？以下我列出清單提供大家參考。

初階英文必懂的文法項目

名詞	可數或不可數、單數或複數
代名詞	主格、受格、所有格、反身代名詞
動詞	動詞三態及時態變化、被動式、動名詞、祈使句、使役動詞、感官動詞、助動詞
形容詞	形容詞特性、比較級、最高級、過去／現在分詞做形容詞用
副詞	副詞特性、頻率副詞、比較級、最高級
問句	Are／Do／Should開頭問句、Yes／No肯定／否定句簡答、5W1H問句、間接問句

以上列表看起來複雜，但只要用對方法，只需要16小時的密集學習，就能理解基礎文法規則。學完後持續複習，並將所學應用在生活情境中，就能融會貫通，把文法規範當成學英文的好幫手。

秘方 4 第三階段「看得懂卻聽不懂」

不知道大家有沒有這樣的經驗，正在追當紅美劇或好萊塢電影，影片開始卻找不到字幕，聽著男女主角對話，卻完全不知道他們在演什麼，非常著急。這時突然打開中英對照的字幕竟然發現，剛剛一個字也聽不懂的對話內容，幾乎都是以前學過、背過的字彙片語，這時你覺得很奇怪，怎麼聽起來的跟看起來的完全不一樣！

放眼全亞洲，幾乎每個學英文的朋友都會經歷所謂「看得懂卻聽不懂」的階段。因為傳統教育特別著重閱讀能力，從課程規劃、家庭作業到隨堂考試，幾乎都強調以書本、試卷為媒介的視覺學習，鮮少有機會「聽到」英文。

因此，學生被訓練成考試機器，懂得許多閱讀技巧甚至考高分的方法，卻跟這個語言的聲音完全不熟。導致那些已經學過、背過，看到也許覺得簡單的句子，如果以聲音的方式呈現，就像另一個截然不同的語言。

強化聽力從模仿開始

我有位學生Mark是醫學院七年級的準醫生，當時正在醫院實習，因為術科表現優異，常常被派去參加國際學術會議，前途一片光明。但有天他來找我，表示自己私底下一直很困擾，原來在外人眼中看起來光鮮亮麗的國際會議，對他來說是非常沉重的負擔。

雖然當初他申請到醫學院時英文考滿級分，但他發現會考試跟聽懂全英文會議完全是兩回事，更別提用英文和別人交流。於是每次他只能靠同步口譯和翻譯機勉強應付過去，根本無法發表意見。

瞭解他的問題後，我當下就知道他的聽力問題很快就能解決，因為過往將近十年在學校的實力累積，不論字彙、片語或文法句型，他都已經有一定的程度，只要能將學過的視覺知識連結上生活應用的聽覺能力，他要聽懂全英文會議並不難。

果然，經過密集的計畫式學習訓練課程，兩個月後他再去參加國際會議，竟然不靠同步口譯就能聽懂講者在說什麼，甚至還第一次在會議上舉手發言。從國外回來以後，為了驗證學習成果，他去報名多益測驗，聽力和閱讀都取得高分，拿到金色證書。

強化訓練的關鍵十小時

在展開計畫式學習的剛開始十個小時非常關鍵。透過大量重複聆聽，Mark明顯感受到對於英文這個語言的聲音不再陌生，再持續累積60小時並針對專業興趣重複練習後，只要是學過的相關主題，他不但能聽懂，還可以模仿影片中的內容，用英文跟別人簡單對話。

當然，每個處在「看得懂卻聽不懂」階段的學生的英文能力都不同，有的人像Mark一樣，本身已經具備很好的英文基礎，但也有的學生對於字彙、片語，甚至文法、句型的理解，都還沒有充足的掌握，其實這都沒有關係。不論你以前累積的英文程度是高是低，只要用合適的教材，聽力訓練都會非常有效率。

事實上，平均只要十個小時的密集訓練，就能讓耳朵開始熟悉英文的聲音。接下來再透過各種情境、聲音，維持學英文的習慣，並針對不同主題學習，就能慢慢掌握在各種狀況中聽到的英文，甚至能開口對話回應。

秘方 5 第四階段「聽得懂卻開不了口」

曾經有學生跟我說，他很努力跟著影音課程學了好幾十個小時，但是在路上遇到外國人搭訕，雖然聽得懂部分問題，卻完全無法用英文回答，難道他白白浪費時間嗎？其實不是的，我教他這種不靠死背，自然累積英文能力的學習方式，就和幼兒時期模仿爸爸媽媽學母語的情況一模一樣。

從旁人的對話中學習

孩子到了一、兩歲開始牙牙學語，這時候爸爸媽媽跟他說什麼，他只會複誦爸爸媽媽說過的話。如果第一次問他：「你要去哪裡玩？」他絕對不會說：「我要去公園玩。」而是重複你說過的：「要去哪裡玩？」但是如果你教他：「爸爸說『你要去哪裡玩』

的時候，你要回答『我要去公園玩』」，下次有可能他就會回答：「我要去公園玩。」

當然還有另一種情境，你沒有教他怎麼說，但是他在公園裡觀察到別的父母和孩子之間的對話，發現原來在那樣的情境可以如此回答，下次你會很意外，當你問他要去哪裡玩，他也會回答要去公園玩。

這兩種學習方式和我們學英文的過程並無不同。倘若今天在路上遇到一個金髮碧眼的外國人問你：「How do I get to the City Hall Station?（我要如何到市府站？）」也許當下你聽懂他說的City Hall Station，也知道他想問怎麼過去，雖然知道要告訴他搭捷運藍線，但因為從沒學過怎麼用英文描述搭捷運，便無法產出相對應的回答。

但如果他像父母一樣繼續問你：「Should I take a train or should I take the MRT?（我該搭火車還是搭捷運？）」你應該就可以很簡單的回答他「MRT」，他如果繼續問：「Which line? What color?（什麼線？什麼顏色？）」你就可以很快的回答：「Blue, blue line.（藍色，藍線。）」

不過今天是對方有求於你，才會想辦法多問幾句，最終希望得到答案，但如果你的回應是「No, no, no! No English!」，他就會直接離開，去問下一個能跟他用英文溝通的路人。

密集練習的模仿訓練

如果是一樣的場景，不同的是，這次你剛好在我身旁觀察外國人向我問路，當他問我：「How do I get to the City Hall Station?」我告訴他：「Can you see the MRT station across the street? Take the blue line towards Nangang Exhibition Center. You will find the City Hall Station after three stops.（你可以看到對街的捷運站嗎？搭乘藍線往南港展覽館。三站以後你會找到市政府站。）」就像小朋友觀察別的父母孩子間的對話一樣，你便能從我身上學會如何用英文幫外國人指路。

個性外向、不怕說錯丟臉的學生，非常適合直接找機會，跟外國人對話學習，但前提還是要有那個環境，讓你隨時隨地都可以觀察模仿，才會學得快。但大部分亞洲人比起西方人的個性都更加內向，也怕多說多錯，丟英文老師的面子，所以拒絕開口說。難道這樣就永遠無法開口說英文了嗎？那也未必！

在「聽得懂卻開不了口」這個階段的學生，如果不是身在英文環境，或者害羞不敢跟陌生人說話，沒關係。你可以用我剛剛提過的第二種方法，模仿別人的情境練習。

找出自己想學的情境主題，假使你想學日常生活用得到的英文，就去找那些跟超市購物、逛街、和朋友閒聊、餐廳點餐、到主題樂園玩、介紹興趣、問路等生活式主題的課程，最好是影音內容，模仿母語人士在那些情境中的對話，如此雖然沒有師長親自指導，只要從旁觀察也可以很快學會。

藉由這種模仿的方式，只要密集訓練大約十個小時，就會發現開口說已經不再彆扭。但我還是要再次強調，這樣累積各種情境用法的學習模式，就是最自然學母語的方法，但需要累積大量知識，當你遇到相同場景時，才有辦法加以應用。

想要進步得快一些，就要努力接觸各種不同主題的對話課程，畢竟羅馬不是一天造成的，光想著要一步登天，恐怕會很快就放棄。

秘方 6 第五階段「會基礎會話但無法深度溝通」

在美國留學期間，我到餐廳點餐、在校園結交新朋友、參加生日派對甚至修輪胎等，舉凡大大小小生活周遭曾經接觸過的瑣事，用英文和別人簡單溝通都沒問題。但有一學期我剛好選修到 Biology 101（初等生物學），打開課本後，發現竟然好像一堆火星文在我眼前。

裡面提到細胞構造，包含細胞核（nucleus）和細胞膜（cell membrane），提到生物的分類規則：界（kingdom）、門（phylum）、綱（class）、目（order）、科（family）、屬（genus）、種（species），提到人體各種器官：心（heart）、肺（lung）、腸（intestine）、胃（stomach）、肝（liver）、膽（gallbladder）、腎臟（kidney）、胰（pancreas），當時才驚覺自己還有很多英文從來沒接觸過。

從基礎到進階增加字彙量

當我們學會一般常用的3000字，幾乎已經可以用英文跟母語人士交談溝通。但假使話題帶到數學、天文、歷史、地理、生物、理化、太空等專業領域，又恰巧自己沒有接觸過那方面的知識，會發現跟對方的對話無法進行下去。

留學期間的一段打工經驗讓我印象深刻，當時我挨家挨戶拜訪，做廚具產品的陌生開發，大部分人都不願意開門，甚至很無禮的直接掛上對講機，但有位中年先生竟然開了門，而且他給我的第一句話竟然是：「Kobe or LeBron?（科比還是詹皇？）」原來那時剛好是全美國人最喜歡討論Kobe強還是LeBron比較強的2010年代，而我身處Kobe所領軍湖人隊的大本營洛杉磯，我當然說Kobe略勝一籌。多聊幾分鐘NBA以後，我人生第一次在美國的成交發生了！

如果不是恰巧自己喜歡NBA，也學了許多跟籃球專業相關的英文用語，那次我一樣會被關在門外。所以後來教英文的時候，很多學生跟我說：「我只想學商業英文，不需要任何別的主題相關的英文知識。」

我會回答：「想用英文做生意，絕對不只需要商業會話，當客戶和你談完正經事，想邀你到酒吧小酌一杯，這時你不會只聊生意。當他跟你談天說地，而你除了介紹自家產品，其他什麼英文都不會的話，很快就會失去這個客戶。」

不只在商場上，校園裡也一樣。你在house party上認識的新朋友發現你的英文程度永遠停留在打屁、聊天氣，當他想要跟你深入討論人生哲學，卻發現你完全沒有涉獵，那麼你們只能是一起玩的朋友。當他想要找個一起創業的夥伴，你多半不會在他的口袋名單，因為他知道你可能會因為語言隔閡，連專業上的溝通都出問題。

想要徹底改善這個狀況，只有一條路，那就是密集且大量的學習。還有一點也很重要，那就是在學習的過程中，不要老是想著喜歡的某些特定類別課程。

自然而然地運用英文

初學者盡量接觸有興趣的課程，是為了保持學習的動機，但能夠走到這裡，已經算是學英文的老手，這時要盡量逼自己走出舒適圈，接觸一些從沒想過的主題，甚至自己平常厭惡的主題，你會發現雖然自己不喜歡，但總有某個時機，你可能會用得到那個話題。

那怎樣才叫作完成這個階段的任務呢？舉凡你會用中文表達的情境，都要能夠用英文表達，那就代表你成功了。

第四階段的生活會話應用還可以想辦法把自己限縮在一個小框框，但第五階段需要的就是真工夫。300個小時的扎實學習只是字彙片語累積的開始，想要不查字典，直接看懂文學家的作品或聽懂J.K. Rowling（J.K. 羅琳，《哈利・波特》作者）在哈佛大學的畢業演說，就必須將學英文養成習慣。

秘方 7 第六階段「接近母語人士仍需精進維持實力」

最後當你成功突破重重難關，累積了龐大字彙量，首先要恭喜你已經成功了一大半。這時候的你，到美國電影院去看那些沒有字幕的電影已經非常輕鬆，甚至對美國、英國或澳洲這些英語系國家的文化也有相當程度的認識，在當地要找到一個大量使用英文的工作，對你來說，或許已經不是難事。

不斷的應用才能保持精進

如果你待在當地，長期使用英文，繼續維持這個語言能力，當然沒問題。就怕回到臺灣以後，工作和生活環境再也不需要使用英文，多年以後，你會發現自己的英文能力開始生鏽，再不補救，甚至可能退回原點。

像我的父親當年自修多國語言，周遊世界拓展貿易事業的黃金時期，他的英文、阿拉伯文和德文都維持得相當好，可以直接和當地客戶深度溝通。但後來離開貿易事業，專心投入英文教育時，反而不再有機會使用德文。20多年後的今天，他的德文能力已經不像當年，學過的字彙也已經忘得差不多。

反觀他的阿拉伯文能力卻還能維持一定水準，那是因為阿拉伯文是父母兩人溝通時的祕密武器。每當他們在我和弟弟面前討論事情，卻又不想讓我們知道內容的時候，就會突然切換成阿拉伯文，因為他們知道說英文我們也聽得懂。

又或者是當他們一起去買菜，討論價錢卻不想讓對方聽懂，也會用阿拉伯文交換心得。因為常常使用，到今天，父母親的阿拉伯文似乎一點也沒生鏽，偶爾還是會在我和弟弟面前說阿拉伯文，而他們也知道，在不知不覺中，我和弟弟因為這樣學會了許多阿拉伯文單字，常常跟著他們的對話一起笑。

如果你的英文程度已經到了接近母語人士的階段，可以隨心所欲用英文表達自己，但你又處在這個不太用英文的環境，那你真的就只需要常常找機會使用，不論是閱讀、交談還是聽演講，只要能維持自己的英文敏銳度就夠了。

PART 3

英文達人的通關密技：計畫式學習

密技 1 複習才是學好英文的關鍵

到底計畫式學習是什麼？為什麼這麼有效？又該如何運用在工作與生活中？

這套方法就跟字面一樣，在於有計畫的安排複習進度，而早在19世紀，德國心理學家艾賓豪斯提出的遺忘曲線理論就是在強調複習的重要性。雖然父親沒有鑽研過教育理論，但從查字典悟出的道理，讓他發明了這樣的學習法。

當年父親要求我們每天除了學習新的課程進度，更要密集複習前幾天學過的內容（spaced review），最後進行聽寫測驗（dictation），驗收學習成效。

在這樣的計畫安排下，原本大量閱讀可能需要一年才能累積的字彙、片語、句型，我們在30天內便快速達成。雖然過程非常辛苦，但這一個月的密集特訓換來的是一輩子受用的英文能力，這是當年的我們想都沒想過的！

說穿了，父親帶我們做的訓練，跟所有英文老師強調的複習是同一件事，只是九成以上學生不知道怎麼做到正確複習，而老師們時間有限，也不可能包山包海幫助每個學生做到這件事，於是用作業、考試這些統一評鑑的方式取代了真正學英文該有的態度，導致大部分學生為了交差而學英文。

其實只要用對方法，每個人都能獲得我和弟弟當年的成果，後面章節我會再帶著大家一步一步用計畫式學習的方法學英文。

密技2 計畫式學習必備的六大重點

計畫式學習中有六個非常重要的必備技能，分別是「查字典技巧」、「抄筆記祕訣」、「逐字理解」、「重複聆聽」、「跟讀訓練」、「聽寫練習」，缺一不可。

查字典技巧

根據統計，有八成的學生不瞭解怎麼正確的查字典，遇到不會的生字雖然努力翻查，但每次列出一堆的解釋，有時候是名詞，有時候是動詞，有時候還是形容詞，根本不知道怎麼選出正確的選項。而且查字典是件費工夫的事，學生往往一知半解就草草帶過或是死背起來，因此常常誤會整句文意，更無法靈活應用。

抄筆記祕訣

每個人都知道學英文要做筆記，但不論是在學校或補習班，九成以上的人都在用錯誤的方式做筆記，他們把課本和參考書畫得花花綠綠，生字注解就寫在旁邊，以為這樣就是認真學習，但其實他們不知道，這樣的筆記方式大錯特錯，根本無法複習。

逐字理解

很多人認為學英文就像翻譯，在理解全文的時候，總是力求將中文翻成電影或小說那樣精美的文句，事實上在學英文的時候，最重要的是「按照英文語序正確理解文意」，如果按照翻譯精美去理解，很容易陷入中文思考的框架。

重複聆聽

大部分人覺得美國人說話速度太快，連音太多，每個字黏在一起，怎麼都聽不懂，於是自動把耳朵關起來，除非請老師放慢速度，一個字一個字說，否則永遠不去嘗試。其實只要掌握重複聆聽的訣竅，人的耳朵和大腦是非常神奇的，很快就可以適應正常說話語速。

跟讀訓練

臺灣人普遍注重讀寫能力而欠缺聽說能力，尤其是在開口說這部分，個性害羞的我們，常常因為不夠自信而不敢開口說，怕說錯、怕發音不好被嘲笑。只要正確的做跟讀訓練（shadowing），說一口好英文完全不害羞！

聽寫練習

胡適提倡讀書四到，分別為「眼到」、「口到」、「心到」、「手到」，其中手到就是要動手寫。尤其學語言，大量閱讀當然是必須的，如果再加上親自動手寫，將大幅增強記憶並提高學習效率。只要循序漸進，同時用對方法，聽寫練習其實一點也不困難。

接下來就讓我一一介紹每個學習重點細節！

密技 3 查字典技巧

俗語說：「工欲善其事，必先利其器。」要學好英文，首先要有一本好字典。我和弟弟當年學英文的時候，還沒有電腦網路這些好用的工具，那時父親給了我們一本由梁實秋編撰、紅色封面、內含16萬字的遠東英漢大字典。然而，第一次查字典的時候，我跟大家一樣遇到許多問題。

遇到不會的生字，首先我會確認生字拼法，接著按字母順序翻查，找一個字大約要花兩分鐘。終於查到生字以後，發現同一個字可能會有好幾種不同詞性，有時候是名詞，有時候是動詞，有時候還可以當形容詞使用，另外有些字衍生出來的變化型更是多到洋洋灑灑，占據兩、三頁的篇幅。

剛開始，我嘗試把每一個詞性解釋看完，但發現那樣平均要花費超過十分鐘的時間，而且即使仔細閱讀完所有的注釋，也已經頭暈到根本不知道該怎麼選出正解。繼續查其他生字的時候，我開始偷懶，跳過仔細閱讀這個步驟，直接找一個看起來比較像的解釋寫到筆記中。

這種偷懶的行為逃不過父親的法眼，當他要求我把整句話的意思說給他聽的時候，立刻發現我的筆記根本亂寫一通，理解的文意也和真正原文相差十萬八千里。當下他要我停止這種錯誤的學習方法，並教我怎麼正確使用字典。

首先他要我調整偷懶的心態。在那個年代，紙本字典是唯一的工具，想靠自修學好英文，至少必須有認真查字典的毅力。不過如果一句話有十幾個生字不會，而每查一個生字都要花十幾分鐘，這樣學習的確非常沒有效率，所以當年父親也教我們如何有效率的選出正確注釋的閱讀方法。

先判斷生字的詞性

首先在閱讀時，利用對基本文法的理解，先判斷生字應該是屬於什麼詞性。例如：

「I have a concrete idea for your birthday party.」

在上面這個句子裡面，「I have a...」是「我有……」的意思，同時我也知道「idea」是「想法、點子」的意思。最後的「for your birthday party」我也知道那是「有關你的生日趴」的意思，但是中間那個生字「concrete」我沒有學過，可是我知道一般說「I have a book.」、「I have a pen.」在「I have a...」後面接的通常都是名詞。而這裡的「idea」的確是名詞，所以前面放的

concrete IELTS Share 0

KK:[ˈkɑnkrit] DJ:[ˈkɔnkri:t]

形變: 比較級:more concrete 最高級:most concrete

動變: 過去式:concreted 過去分詞:concreted 現在進行時:concreting

權威釋義 英語

a.

1. 有形的，實在的；具象的；具體的

2. 具體的

3. 混凝土的

n.[U]

1. 具體物

2. 混凝土；凝結物

vt.

1. 使凝固；使結合

2. 用混凝土修築；澆混凝土於

vi.

凝結，固結

應該是修飾它的形容詞，因此我判斷「concrete」這個字應該是形容詞。

這時候，我們在字典裡翻到「concrete」這個字，發現它有「形容詞」（a.）、「名詞」（n.）、「及物動詞」（vt.）、「不及物動詞」（vi.）等各種不同的用法。因為前面我已經判斷在文章裡面的「concrete」是形容詞，所以可以先跳過其他詞性，直接從形容詞下手。

找出需要的答案

在形容詞裡面，我們發現有三種解釋，分別是「有形的、具象的」、「具體的」、「混凝土的」，哪個才是我們要找的答案呢？這時要從每個解釋中的例句下手。

第一個解釋中的例句：「Shoes and trees are concrete objects.（鞋和樹是實物。）」在這裡「concrete objects」當作「實體」、「實物」解釋，和我們文章裡面的「concrete idea」似乎不太相同。

接著第二個解釋中的例句：「Have you got any concrete proposals?（你有沒有具體的建議呢？）」在這裡，「concrete proposals」當作「具體的建議」似乎和「concrete idea」的用法有點類似。

最後第三個解釋中的「concrete」當作「混凝土的」，雖然沒有例句，但很明顯我們知道這裡不太可能是「混凝土的」的用法。

因此我們選出最合適的解釋「具體的」，而文章裡面「I have a concrete idea for your birthday party」，就是「關於你的生日趴，我有個具體的想法」的意思。

a.
1. 有形的，實在的；具象的；具體的 ⊟
The word "apple" is a concrete noun.
"蘋果"是個具體名詞。
Shoes and trees are concrete objects.
鞋和樹是實物。
2. 具體的 ⊟
His plan is not yet concrete.
他的計畫尚不具體。
Have you got any concrete proposals?
你有沒有具體的建議呢？
3. 混凝土的

多練習，更熟練

關於動詞生字的練習

有了剛才的解說，接著讓我們換個動詞生字來練習，例如：

He crashed at my house last night.

你可以瞭解上面句子的含義嗎？

查字典前的研判

在這個句子裡，我們認識「He」，我們也知道「at my house」是「在我家」的意思，最後的「last night」更簡單，就是「昨天晚上」的意思。但是句子裡的「crash」這個字你可能會覺得似曾相識，不就是「衝撞、撞到」的意思嗎？可是看一看整句話「他昨天晚上在我家『衝撞』」好像怪怪的。

在這個句子裡面，我們知道「他」昨天晚上在我家「做了某件事」，所以「crash」肯定是動詞，而後面接著的「at my house last night」是指事情發生的時間和地點，我們發現這個動詞後面沒有接受詞，所以可以合理推斷這應該是個「不及物動詞」，這時候就要開始查字典。

找出最可能的詞性與含意

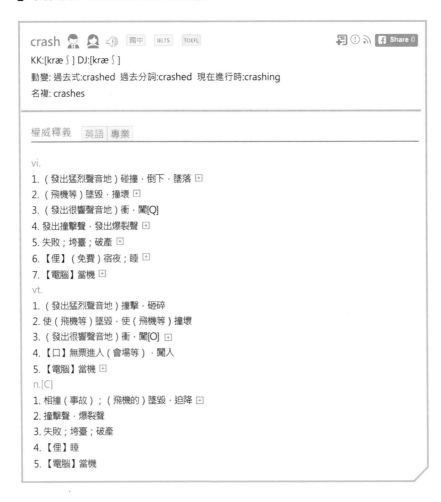

crash 國中 IELTS TOEFL Share 0

KK:[kræʃ] DJ:[kræʃ]

動變: 過去式:crashed 過去分詞:crashed 現在進行時:crashing

名複: crashes

權威釋義 英語 專業

vi.

1. （發出猛烈聲音地）碰撞，倒下，墜落
2. （飛機等）墜毀，撞壞
3. （發出很響聲音地）衝，闖[Q]
4. 發出撞擊聲，發出爆裂聲
5. 失敗；垮臺；破產
6. 【俚】（免費）宿夜；睡
7. 【電腦】當機

vt.

1. （發出猛烈聲音地）撞擊，砸碎
2. 使（飛機等）墜毀，使（飛機等）撞壞
3. （發出很響聲音地）衝，闖[O]
4. 【口】無票進入（會場等），闖入
5. 【電腦】當機

n.[C]

1. 相撞（事故）；（飛機的）墜毀，迫降
2. 撞擊聲，爆裂聲
3. 失敗；垮臺；破產
4. 【俚】睡
5. 【電腦】當機

從字典上可以看到「crash」這個字有「不及物動詞」（vi.）、「及物動詞」（vt.）、「名詞」（n.）和「形容詞」（a.）等不同用法，根據以上判斷，我們可以從「不及物動詞」這個方向開始閱讀。這時我們發現，就連「不及物動詞」，這個字也

vi.
1.（發出猛烈聲音地）碰撞，倒下，墜落 ⊟
The motorcycle crashed into the fence.
摩托車猛地撞在籬笆上。
2.（飛機等）墜毀，撞壞 ⊟
An airliner crashed west of Denver last night.
昨夜一架客機在丹佛西邊墜毀。
3.（發出很響聲音地）衝，闖[Q]
4. 發出撞擊聲，發出爆裂聲 ⊟
Listen to the thunder crash.
聽劈雷發出的巨響。
5. 失敗；垮臺；破產 ⊟
His company crashed last year.
他的公司去年破產了。
6.【俚】（免費）宿夜；睡 ⊟
I'd crashed Friday afternoon -- I hadn't completely recovered from the infection.
我星期五下午昏睡過去了，我發炎還沒完全恢復過來。
7.【電腦】當機 ⊟
The PC just crashed.
那部個人電腦剛當機了。

有七種不同的解釋，但不要慌張，記得前面我教過「從例句中找答案」。

首先注釋1、2、3裡面的「碰撞、墜毀、衝、闖」感覺跟這句話的文意不符，可以直接排除掉。注釋4的「發出撞擊、爆裂聲」尤其是閃電爆裂聲，這樣的解釋更不合乎邏輯，於是我們可以跳過。注釋5的「失敗、破產、垮台」在這個句子裡面看起來也非常奇怪，他怎麼會昨天晚上在我家垮台呢？於是我們看看注釋6，這裡的「crash」前面寫了一個【俚】，其實是在俚語中用作「（免費）宿夜、睡覺」的意思，例句是「I'd crashed Friday afternoon...（我星期五下午昏睡過去了……）」，如果套用在我們課文中似乎有點類似，於是放著參考。最後看到注釋7提到那是電腦術語「當機」的意思，根本就不用考慮。

這時候可以合理判斷注釋6就是我們要的正解。文章裡面的「He crashed at my house last night」就是「他昨天晚上在我家睡了一晚」的意思。

攻其不背！
只要30天，馬上成為英文通

過去也許你花了不少時間，走了不少冤枉路，大量閱讀卻不明就裡，怎麼也無法理解英文。經過以上的說明和練習，相信你已經學會如何正確使用字典，接下來只需要繼續練習，很快你就能掌握正確的查字典技巧，提升五成以上學英文的效率！

密技 4 抄筆記祕訣

看到這裡，你心裡一定在想：「我從國小就開始抄筆記，這麼簡單的事情還需要教嗎？」其實，根據我的觀察，九成以上的學生的抄筆記方法都錯了，以至於在複習的過程中事倍功半，甚至完全沒有效果。那麼，問題到底出在哪呢？

錯誤方法造成事倍功半

大家都知道老師說的話重點很重要，要趕快抄下來，因為考試前溫習會用到，所以每次老師說「這個生字很重要，考試會考」的時候，大家做的第一件事就是，在課本上把這個生字畫上底線或圈起來，接著開始在生字下方抄寫。

首先會先標記生字的詞性，到底是名詞還是動詞，畫個小圈圈做記號。接著有些人會寫上音標，免得以後看到也還是不知道怎麼念。最後，大家會把這個字的意思寫清楚，希望複習的時候可以看到。也許還有更認真的同學會說：「我連例句也都會寫上去！」

的確，很少人能夠過目不忘，抄筆記最主要的目的就是以後要回來「拜訪」它，但是大部分的人，包括以前的我，都沒有思考「抄筆記」這個動作的意義。

在父親帶我進行計畫式學習的訓練以前，我可是以筆記精美而自豪，然而訓練的第一天，父親就要我徹底改掉原本的抄筆記習慣。他跟我說：「像你這樣抄筆記，複習的時候不是一眼就看到那些字的意思了嗎？複習的時候還會努力用腦思考嗎？」

多一點技巧，多一點成效

當時我猛然驚覺，原來自己從來沒想過這問題，因為每次都是考前才臨時抱佛腳，想說把那些單字死背起來就好，沒有特別想到需要用腦思考、理解這些課程內容。

原來父親抄筆記的時候，也會記錄所有包括詞性、音標、注釋、例句等重要內容，但不一樣的是，他從來不把那些筆記內容寫在生字附近。他會把生字圈起來，然後畫一條長長的線，連到那一頁旁邊的空白處（margin）處，在那裡再開始做筆記。

他表示這樣做的目的是，當再次複習課程內容的時候，不會直接看到當初的筆記，也給自己多一點機會思考，發揮大腦的記憶潛能。

錯誤的筆記方式

Hehuanshan

Hehuanshan is a tall **mountain** in Taiwan. It is famous for its beautiful **flowers** and snow. From May to September, it is sunny and cool at Hehuanshan. **People** go there for the mountain flowers. In winter and **early** spring, it sometimes snows there. People watch snow, play with it, and make snowmen there. Winter is a busy season at Hehuanshan.

正確的筆記方式

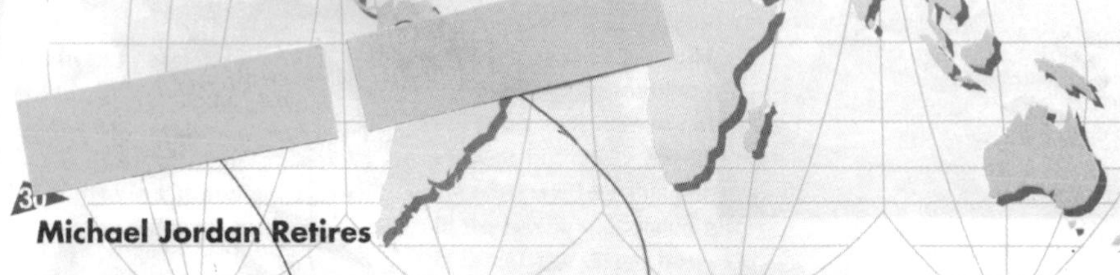

30

Michael Jordan Retires

They say all good things must end some day. Unfortunately, that's now true of a ***glorious*** basketball career. Michael Jordan, to many fans the greatest basketball player of all time, has left the game. This is not Jordan's first retirement. He quit basketball once before, in 1993, to play baseball. He then returned to the game in 1995. This time, however, Jordan's decision seems final.

Numbers alone can't describe Jordan's incredible ***leaps***, awesome ***shooting*** and strong desire to win. But they do tell something of the story of this tremendous athlete: 10 seasons leading the NBA in scoring; 11 seasons scoring over 2,000 points; a record 31.5 points per game scoring average; the all-time high score of 69 points for a single game; six NBA championships. Without a doubt, basketball will miss Michael.

Word Bank

successor (n) [sək'sɛsɚ] 繼承者
When my boss retires, Fred will be his **successor**.

treatment (n) ['tritmənt] 治療
Sharon is still sick. Her medical **treatment** didn't work.

undermine (v) [ˌʌndɚ'maɪn] 暗中破壞
Don't let anyone **undermine** your belief in God.

chaos (n) ['keɑs] 混亂；紛亂
If there were no police, we would have **chaos** everywhere.

collapse (n) [kə'læps] 崩潰
Heavy snow caused the building's **collapse**.

shrink (v) [ʃrɪŋk] 萎縮；縮小
If you wash those pants in hot water, they will **shrink**.

spoil (v) [spɔɪl] 寵壞；溺愛
Mary's parents are **spoiling** her by giving her ... wants.

... ['glorɪəs] 輝煌的；光榮的
...**ous** time on our vacation. It was ...

leap (n) [lip] 跳；躍
With one **leap**, the tiger jumped across the river.

... t] 投、射（籃）
...es **shooting** his basketball every day

...mation

crown prince (n phr) 皇太子
If the king dies, the crown prince will become king.

make something public (v phr) 公開；公佈

除了寫筆記的位置外，每次複習文章，父親還會準備不傷紙的紙膠帶，把那些畫在周邊空白處的筆記統統貼起來，要我們不看筆記嘗試說出理解的文句內容。

這樣的筆記方式雖然會讓整本書看起來不太美觀，但以學習效果來說，多一次強迫自己思考的訓練，會比直接看答案有效N倍！

密技5 逐字理解

在英文考試裡，常有一種題型叫作英翻中。還記得我的英文啟蒙老師對於英翻中的要求非常嚴格，一定要跟課本上列出的解釋一模一樣，否則便沒有分數。

不過當我們閱讀課外英文書籍、雜誌，接觸一些美劇和好萊塢電影後，你會發現小說、雜誌、戲劇裡面的中文翻譯，跟考試的英翻中答案不太一樣。有時對照著中英字幕，會發現很多中文翻譯的用字遣詞跟原文的差距頗大。

那是因為小說、影劇的翻譯大部分是以娛樂為目的，採取所謂「意譯」的翻譯原則，除了內容正確以外，更要優美流暢。然而英文和中文原本就屬於兩個完全不同的語系，許多英文用法因為文化差異，找不到可以直接用中文完美表達的字詞，譯者就會揣摩英文原文要表達的情境，理解消化吸收後，再重新用中文找出最合適的敘述手法來呈現給讀者。

經過意譯之後，許多用字遣詞甚至句型結構都已經和原文不同。當然，如果目的在於休閒，我們也不需要太執著，達到娛樂效果即可，但如果目的是學英文，這樣的內容對於初學者來說，反而會難以理解學習。

理解文意在學英文的過程中非常重要，遇到不會的生字，查過字典並且做好筆記以後，只算完成前半段的準備，更重要的是，把所有會的字彙片語和剛查過的生字串在一起，完整並正確的理解整個句子。

會查生字更要瞭解句意

很多人以為每個字都查過，怎麼可能還會有問題！但我發現，有一半以上的人就算把生字都查好，還是會誤解整句話的意思，而且誤解的原因也不盡相同，請看以下的例子：

請試著將以下這句話翻成中文：

You are always judged by the way you perform.

看到這個句子，大家會先把比較不熟的生字都查出來，發現這裡的be judged是動詞judge的被動式，也就是「被評論」的意思；然後perform這個字是動詞「表現」的意思。接著看到句子裡有個片語叫作by the way，查了字典，你可發現by the way是個很常用的片語「順便提起、順便說說」的意思，於是把整句話串起來，認為意思是「你總是被評斷，你順便表現」。到這裡為止，很多不求甚解的人就以為自己已經學會，繼續下一句，但這樣的理解真的對嗎？

其實，by the way在這個句子中並不是當作片語使用，而應該是把 be judged by something當作一個詞組來看，就是「被評論，但用什麼為基準來評論呢？就是以後面的something為基準來評論」。而這裡的something，其實就是後面的the way（that）you perform，也就是「你表現的方式」，所以整句話的意思其實是「你總是會因為你表現的方式而被評論」。

大量的強化聽讀練習

在英文學習的過程中，尤其是比較初階的學生，若對句型結構和文法還沒那麼熟悉，常常會出現誤解句意的狀況。這時學習態度就非常重要。不論是看英文雜誌、原文電影，還是聽英文播報新聞，如果你的目的是要學英文，千萬不能放過這樣的小細節。

學習過程中，在理解內容的同時，一定要確保有足夠的參考資料，將自己的思路和正確參考資料（通常是翻譯或解析）比對，看看自己的理解內容是否正確。再來看下面這句稍微複雜的範例：

試著將以下這句翻成中文：

John from National Taiwan University who works for the government is now planning on his own birthday party.

在這樣的句子裡，最重要的是找出正確的主詞、動詞。如果沒有特別注意，有些人可能看到the government is now planning，就以為是「政府在計畫」，但仔細想想，難道John是什麼樣的VIP嗎？為什麼政府要幫他計畫他的生日派對？聽起來好像不太合理。

再仔細看看，發現原來這裡的who works for the government是用來形容John這個人，表達「為政府工作」的意思。

另外，from National Taiwan University也是用來描述John這個人，表示「來自臺灣大學」的意思，所以整句正確的理解應該是「來自臺灣大學、為政府工作的John，現在正在規劃他自己的生日派對」。

英文是個和中文不太一樣的語言，很多時候會把修飾語放在後面，而且常常一來就是一大串，正因如此，以中文為母語的我們，很不習慣英文母語人士的思考邏輯。要加強這個部分，就需要藉由大量「聽」跟「讀」的理解訓練。

總結來說，掌握逐字理解的技巧，才不會花費大把時間卻總是搞不清楚英文母語人士的思考邏輯。要做好這件事，首先要有實事求是的心態，確保學習時將每句話搞清楚，想辦法多找資訊、多發問，雖然會花較多時間，但比起不求甚解對學習造成的傷害，這樣的投資絕對值回票價！

密技 6 重複聆聽

不管哪種語言，當小孩子把它作為母語學習時，總是先由「聽」和「說」開始，透過不斷重複、模仿，由淺入深，累積夠多知識後，才開始閱讀和寫作，因此如果想要像學母語一樣學英文，聽力絕對是最重要的一環。

然而在臺灣，傳統英語教育著重閱讀能力，強調文法的句構分析以及字彙累積，同時結合考試，訓練學生翻譯以及寫作，鮮少有教育機構提供聽力和口說的訓練，主要原因還是在整個大環境之下，有能力教學以及考核學生的老師嚴重不足，也沒有好的輔助教材、教具可以幫助師生完成這件事。

久而久之，考試評估學習成效也只能著重在閱讀和寫作能力，造成臺灣人看美劇或好萊塢電影時，只要有字幕，大部分都看得懂，但一旦沒有字幕，那些內容立刻變成火星文，有些人甚至直接把耳朵關上，拒絕嘗試聆聽。又或者是商業往來時，跟客戶交流的email往返順暢，但越洋電話一來，沒人敢接起來對答。

父親年輕自學英文時，不要說電腦、網路，連電視都還不太普及，路上也看不到來臺灣工作、念書或學中文的外國人，那時想要聽到外國人說英文，實在不容易。因此他每天用收錄音機把廣播電台的英語教學節目錄下來，就為了工作之餘可以練英文聽力。

剛開始他發現廣播節目主持人說話好快，完全聽不懂，於是不斷倒帶播放，以為多聽幾次一定可以聽出來，但他發現就算重播20次，大部分不會的內容還是聽不懂，並沒有因為多聽幾次就有所改變。原來問題出在廣播內容中有太多不會的字彙、片語或文法應用，導致整句話完全聽不懂。

於是他去買搭配廣播的雜誌，嘗試在聽錄音帶之前，先把不會的生字、片語查好，理解整句話的意思，然後再不斷反覆聆聽。突然間，原本那些像火星文一樣的廣播節目變得有意義了。在倒帶重播的過程中，對照已經理解的文句，每次播放都會發現又多聽懂一段內容。短一點、大約15個字以內的句子，聽二到三次就可以聽懂，長一點、大約30到40個字的句子，也只要聽五到六次就能完全理解。

後來因為開貿易公司，想拓展世界市場，需要學習更多語言，父親用同樣的方法學會了德文、阿拉伯文等多國語言。有了自學多國語言的經驗後，他歸納整理出自己練好外語聽力的步驟與技巧如下：

第一步選擇適合程度的教材

拿到有聲教材時，先在沒有字幕的情況下聽幾次，看看自己能聽懂多少。測試一下自己目前的英文聽力程度。

根據所選教材的難易度，會發現聽得懂的比例不同。如果不看字幕就能完全聽懂，代表自己的聽力程度已經超過目前的教材，這時就要尋找更合適的素材學習。但如果聽過卻無法理解整句話的意思，代表教材內容不論在字彙程度或講話語速方面，都還有待學習。

第二步正確理解文意

選好合適的教材後，比對英文字幕，檢查內容中是否有超出知識範圍的生字、片語，又或者是艱深難懂的文法概念。經過「逐字理解」的步驟，正確解讀整句話的意思後，繼續重複播放聆聽。

第三步將聽力結合視覺情境

原本覺得陌生、聽不懂的內容，經過前面兩個步驟應該已經有印象。在這個階段，對照字幕一遍又一遍的重複聆聽，很容易挑出原本就聽得懂的部分。接著繼續重播那些聽不懂的片段，在腦中把聽到的聲音跟文字描述的情境內容連結起來，聽力很快就能突飛猛進。

只要持之以恆，按照以上重複聆聽的小技巧練習，未來你看任何影片時，就不會再出現有字幕都看得懂，沒有字幕卻聽不懂的窘境。

密技7 跟讀訓練

其實跟讀訓練的概念很簡單，先透過重複聆聽，讓耳朵及大腦熟悉英文的聲音，接著再嘗試模仿母語人士把句子念出來，經過多次校正練習，讓自己的大腦和發聲器官熟悉英文的發音方式。但是當實際練習的時候，還是有些需要注意的小技巧。

第一次注重節奏感

想說一口好英文，不是只要說得跟美國人一模一樣就好，就連英文系國家，也分為好多種不同口音、腔調，習慣用語也都不同，身為初學者，首先要學會的是說英文的節奏。

就像PART 1「學英文的五個迷思」中提過的，不論中文還是英文，又或者是世界上任何一個語言，如果已經具備簡單的發音技巧（以中文來說，就是看著文字或注音能夠念出來，而對英文來說，就是懂得自然發音），接下來要讓別人也聽得懂，最重要的就是能說出那個語言的節奏。

所以剛開始進行第一次跟讀練習時，不要考慮發音、腔調，也不要刻意模仿影片中美國人說話的連音，只要找出整句話中停頓、換氣的時機點，那就是說英文時的節奏（rhythm）。

第二次注重重音的落點

到了第二次的跟讀練習，除了節奏，也可以開始特別注意影片中母語人士說話的語氣，也就是重音（stress）的部分。例如多聽幾次範例3-1會發現，開頭each business day裡面的each，就是講者特別強調的地方，要告訴大家事件發生的時間「不是只有特定的哪一天」，而是「每一個」營業日。接著shares change hands是主要敘述事件的部分，整體同等重要，因此沒有特別強調。

但後面depending on how people feel，因為要強調依據人們的「感受」，所以在feel這個字上也特別加重語氣。最後about the company's future value，講者在future value上稍微加強，

也就是想要表達「股票轉手是依據人們感受到公司的『未來價值』，而不是公司的其他東西」。

在這個階段，透過揣摩講者的重音，可以瞭解他想要表達的重點，也會發現重音位置不同，會使傳達的內容也有所差異。

範例3-1

Each business day, shares change hands depending on how people feel about the company's future value.

（每一個營業日，股票依據人們對於公司的未來價值感受而轉手。）

（https://www.hopenglish.com/hope-tips-gong-qi-bu-bei-intermediate）

在這個句子中，講者在逗號的地方第一次停頓，因為開頭的each business day（每個營業日）已經告一段落，完整交代了事情發生的時間。

接著說到整個事件的核心shares change hands（股票轉手），在此停頓是因為要跟後續補充事件發生的條件區隔開。

那股票是怎麼轉手的呢？後面補充depending on how people feel（依據人們如何感受），那人們是要感受什麼呢？這邊再次停頓，在後方繼續補充about the company's future value（感受公司的未來價值）。

我們可以發現，那些講者停頓或是換氣的時機，大部分都是跟著逐字理解時的英文脈絡一致，只要跟著這樣的節奏理解文意，進而模仿它，即便發音咬字未臻完美，絕對可以說出能溝通的英文。

第三次要找出整句話高低起伏

當進行第三回合的跟讀練習，除了節奏和重音，你還可以另外找出整句話的高低起伏（up and down）。高低起伏有時候會和重音重疊，因為往往說話時高亢的地方，也會說得特別重，像這句話的開頭each business day的聲調是高亢的，其中each也因為強調而下了重音，但英文的高低起伏，除了強調以外，有時候還有不同的含義，像有時候問句的尾音特別提高，是想要表達質疑、詢問的意思。但也不是看到問號尾音就都得提高，大部分我們說的「5w1h」開頭的問句不會特別拉高尾音。

念書時，老師總是教導很多的規則，但在真實生活中，你可能會覺得好多外國人說英文都不遵守那些規則。其實老師教的規則大都希望幫助學生在短時間內學會英文的脈絡，真正在生活會話應用時，要記得「有規則必有例外」。跟讀訓練時，多花幾秒思考一下，為什麼在影片情境中，講者或老師說話會有那樣的高低起伏，瞭解之後再模仿，效果會更好。

從模仿讓自己融入環境

後續的跟讀練習，除了節奏、重音、高低起伏以外，再加入影片中母語人士說話的腔調、咬字發音，不論是英國腔、美國腔、澳洲腔還是南非腔，找到自己喜歡或需要模仿的對象，盡量熟悉並模仿，只要多練習，大腦便會結合發聲器官而熟悉說英文的方式。

想要說一口好英文，只要用對方法，從跟讀開始訓練自己，模仿各種場合、情境所需的英文會話內容。當機會來臨，真的要開口說英文，會發現在那些學過的情境中，自己已經可以用英文和對方交流。

不過，一旦遇到的場景超出學過的範圍，還是會出現不知道該怎麼表達的詞窮狀況。所以想要在各式各樣的場合都能說出一口好英文，要不斷接觸各種不同情境加以學習。

剛開始當然要先從有興趣的主題學起，才能維持學習動機，但當程度提升，想要讓自己能夠更全面的運用英文，真正說一口好英文，就要多方接觸各種主題的內容，讓自己能夠做到「只要中文會說，英文也會說」的程度。

密技 8 聽寫練習

所謂聽寫練習，顧名思義，就是聽到什麼把它寫出來，但其實在聽寫練習的過程中，應用的絕對不只是聆聽和書寫的能力，為了將聽到的內容片段合理的拼湊成完整句子，還必須能夠正確理解文意。

在英文的日常生活會話中，會出現許多連音、氣音，甚至尾音常常會消音，即使聽到的東西無法百分之百確認，也可以透過對語言結構的熟悉度，聽寫出正確的內容。例如：

My brothers share the same last name with me.**（我的兄弟們跟我用同一個姓。）**

在這個句子中，因為brothers最後的s和後面的動詞share開頭的s發音相同，如果說得比較快，很容易因為連音只聽到share

開頭的s的聲音，而忽略brothers的尾音s，因此聽寫時可能就會寫成My brother share……。

不過剛剛有提到若熟悉英文結構，就會知道單數的brother後面接的動詞要用第三人稱單數，也就是shares的型態，但因為我們只聽到share，所以可以肯定前面的brother要用複數型態的brothers，也就是這個句子要表達的是「不只一個」哥哥或弟弟，而是「兩個以上」的兄弟（複數）。

從簡單的開始試水溫

對於初學者來說，要聽寫出較長的句子是比較吃力的。選材練習時，我們可先盡量從一句話不要超過15個字的內容開始。短句子在重複聆聽的過程中，比較容易自行在腦袋中清楚分段，且較不會發生講者說太快，寫到一半跟不上就完全放棄寫不下去的問題。你可以先試試看下面這個短句範例：

範例3-2

Okay, I'll swing by the supermarket on my way home.

（好的，我回家的路上會順道去超市。）

（https://www.hopenglish.com/hope-tips-gong-qi-bu-bei-beginners）

像這樣的短句總共十個字，重複聆聽的時候，就算寫到一半，講者已經説完整句話甚至重新來過也沒關係，因為可以從聲音中找到剛剛聽懂的部分，繼續完成聽寫練習。

複雜的句子更要注意節奏

熟悉聽寫練習的方法之後，你可以試著練習較長且句型較複雜的內容，雖然字彙、片語甚至文法、句型結構都會更複雜，但經過多次複習、練習，相信你已經能夠掌握大概的文意。

在聽寫的時候有個小技巧，和前面跟讀訓練時一樣，要按照英文的節奏，也就是那些該停頓、換氣的地方進行。你可以試試以下的句子：

範例3-3

The United Nations was established in 1945 with the signatory of 50 countries for the express purpose of preventing the outbreak of war and averting a world war.

（伴隨著50個國家的簽署行動，聯合國在1945年成立，為的是防止戰爭爆發和避免世界大戰這樣專門的目的。）

（https://www.hopenglish.com/hope-tips-gong-qi-bu-bei-advanced）

像這段總共28個字、較長且句型較複雜的句子，聽寫的時候可以按照講者說話的節奏寫出來。

第一個段落The United Nations was established in 1945，講者是一口氣完成的，可以先把它寫出來。

接著with the signatory of 50 countries是下一個段落，補充說明聯合國在1945年成立時的況狀，當你寫到這裡也許已經重複聽過三到四次了。

接著for the express purpose of繼續補充說明為的是專門的目的，至於是什麼樣專門的目的，後面還會繼續描述，陸續分段再聽寫出來。第一個是preventing the outbreak of war，後面再接上and averting a world war。到這邊，整句話大概也聽了十次左右，不過一次又一次重複聆聽，每次只要找到關鍵段落把它寫出來，應該都能完整寫出整句話。

當然有時候遇到不太熟悉的字彙片語，有可能會卡住拼不出來，這時可以先留下空白，多聽幾次會發現靈光一閃就能寫出來。

密技 9 實地操練計畫式學習

到底計畫式學習該如何安排時間的分配呢？讓我們一起看看當年的課表。

英語學習計劃

時間	訓練內容
8:00-8:30	早餐
8:30-11:30	複習學過的內容
11:30-12:30	午餐
12:30-14:30	聽寫測驗
14:30-17:00	學習新進度

攻其不背！
只要30天，馬上成為英文通

看到這裡，很多認真的讀者會問，那如果沒辦法一天學九個小時，就學不好英文嗎？當然不是！

一般上班族不太可能分配那麼多時間在學英文，但只要記得一點：計畫式學習的精髓在於安排一個有效率的複習計畫，每天為自己安排一段時間，持之以恆地執行計畫，時間拉長也能夠學好英文。

我們當初每天九個小時，30天就把一生受用的英文學好。如果你願意每天花三個小時學習，三個月也能脫胎換骨。當然如果真的很忙，每天只能湊出一個小時學習，時間拉長一點，九個月堅持不懈的努力，最後還是可以享受成功的甜美果實！

密技10 上班族的計畫式學習

Joe是一位在貿易公司上班的業務代表，因為工作需求，常常到美國出差。談生意需要的專業英文他都還能應付，但下了班，想到當地酒吧小酌一杯順便交個朋友，卻不知道怎麼開口，於是我幫他安排了生活會話類別的實用課程。

跟日常有關的學習主題

首先我根據他中等的程度，搭配他最有興趣的生活實用課程，挑出一個關於跟髮型設計師溝通的主題：

教材內容總共切分成A、B、C、D、E、F、G、H八個區塊，每個區塊大約有五到六行的學習內容，並搭配影音反覆聆聽學習。

A	There are many things you can get done at a hair salon, whether you need just a simple trim or want a complete makeover. But a trip to the hair salon can be a scary experience, especially when you don't know what to ask for. What if your hairdresser cuts off too much hair and you don't know how to tell him or her to stop? Now you no longer need to worry. Today, we're going to tell you what kinds of things to look for when you're getting your hair done at a salon.
B	Now, first of all, if you want a haircut, it's important to tell the hairdresser exactly where and how much you want cut off. Hairdressers aren't fortune-tellers; they can't read your mind. They will never know how long or short you want your hair to be unless you tell them. Therefore, you can show them the length that you desire by pointing with your hands. What's more, you should also let your hairdresser know if you have any special requests. The more information you can give, the better the results.
C	Hairdresser: Hi. What are you looking to do today? Jill: Hi. I'd like to get a wash and cut. Hairdresser: Okay. How much do you want taken off today? Jill: Could you cut off two or three inches? I want it at about chin-length. And I have a lot of split ends, too. Is there any way to take care of those? Also, I would like to add some bangs.
D	Hairdresser: Good morning, sir. What can I do for you today? Brad: I need a haircut. Hairdresser: Sure. How would you like me to cut it? Brad: I want to take some off the top but not too much off the sides. Also, can you give me a bunch of different layers over here and thin my hair out a little bit?

E	Besides haircuts, many salons offer perms and hair-coloring services. In that case, how would you describe what you want, then? Well, if you trust your hairdresser, you can let him or her decide what might look good on you. If not, you can also take a picture of the type of hairstyle you like and show it to your hairdresser.
F	Kate: I want to perm and dye my hair today. Hairdresser: No problem. Do you have a particular style in mind? Kate: Not really. Do you have any suggestions? Hairdresser: Well, why don't you look through this magazine and pick a style that stands out to you? Kate: Sounds good. Oh, this one looks cute.
G	Hairdresser: Hmm...I'm afraid your hair might be too short to do that one. What about this one? The curls are easy to do, and I can also dye your hair brown to make you look exactly like the model in the picture. Kate: Perfect! I love the curls. But will the color come out like this too? Hairdresser: It might be a little darker because of your natural hair color.
H	Kate: In that case, I think I prefer something lighter. Hairdresser: I see... Then, I'd recommend this light brown. Kate: Okay. Great. I like that one. Let's do this. Now that you know the drill, a trip to the hair salon will be a walk in the park. Good luck, and we hope that this video will help you to get your ideal hairstyle.

上班族的英文進修表

如果你也是朝九晚七的上班族，可以利用早起（30分鐘）、上班通勤（10分鐘）、午休（10分鐘）、下班通勤（10分鐘）以及睡前（30分鐘）等零碎時間學習。

Joe的學習計畫

天數	內容	總花費時間（分鐘）
第1天	學習新課程A段落40分鐘	40
第2天	先複習A段落10分鐘，接著學習新課程B段落40分鐘	50
第3天	複習A段落10分鐘、B段落10分鐘，再學習新課程C段落40分鐘	60
第4天	複習A段落10分鐘、B段落10分鐘、C段落10分鐘，再學習新課程D段落40分鐘	70
第5天	先不看字幕聽寫出A段落20分鐘，接著複習B段落10分鐘、C段落10分鐘、D段落10分鐘，再學習新課程E段落40分鐘。	90
第6天	直接進行B段落的聽寫測驗20分鐘，接著複習C段落10分鐘、D段落10分鐘、E段落10分鐘，再學習新課程F段落40分鐘。	90

◆第1天，學習新課程A段落，約需40分鐘。

◆第2天，先複習A段落10分鐘，接著學習新課程B段落約40分鐘。

◆第3天，複習A段落10分鐘、B段落10分鐘，再學習新課程C段落約40分鐘。

◆第4天，複習A段落10分鐘、B段落10分鐘、C段落10分鐘，再學習新課程D段落40分鐘。

◆第5天，先不看字幕聽寫出A段落20分鐘，接著複習B段落10分鐘、C段落10分鐘、D段落10分鐘，再學習新課程E段落40分鐘。

◆進行到第6天，由於A段落已經在第5天完成聽寫測驗，代表A段落已經學習完畢，因此直接進行B段落的聽寫測驗20分鐘，接著複習C段落10分鐘、D段落10分鐘、E段落10分鐘，再學習新課程F段落40分鐘。

也就是說，只要完成聽寫測驗這個步驟，就代表那個段落已學習完畢，之後只要照著**聽寫測驗→複習前前前次內容→複習前前次內容→複習前次內容→學習新課程**的邏輯順序進行下去。

攻其不背！
只要30天，馬上成為英文通

聽寫複習解析圖

<table>
<tr><th>時程</th><th>Day 1</th><th>Day 2</th><th>Day 3</th><th>Day 4</th><th>Day 5</th><th>Day 6</th><th>Day 7</th><th>Day 8</th><th>Day 9</th><th>Day 10</th><th>Day 11</th><th>Day 12</th><th>Day 13</th></tr>
<tr><td rowspan="3">7:00～7:30</td><td rowspan="4">A</td><td>A</td><td>A</td><td>A</td><td rowspan="2">A</td><td rowspan="2">B</td><td rowspan="2">C</td><td rowspan="2">D</td><td rowspan="2">E</td><td rowspan="2">F</td><td rowspan="2">G</td><td rowspan="2">H</td><td rowspan="2">聽寫</td></tr>
<tr><td rowspan="4">B</td><td>B</td><td>B</td></tr>
<tr><td rowspan="4">C</td><td>C</td><td>B</td><td>C</td><td>D</td><td>E</td><td>F</td><td>G</td><td>H</td><td>複 1</td><td>複 2</td></tr>
<tr><td>8:20～8:30</td><td rowspan="4">D</td><td>C</td><td>D</td><td>E</td><td>F</td><td>G</td><td>H</td><td>複 1</td><td>複 2</td><td>複 3</td></tr>
<tr><td>12:10～12:20</td><td></td><td>D</td><td>E</td><td>F</td><td>G</td><td>H</td><td>複 1</td><td>複 2</td><td>複 3</td><td>複 4</td></tr>
<tr><td>19:00～19:10</td><td></td><td></td><td rowspan="4">E</td><td rowspan="4">F</td><td rowspan="4">G</td><td rowspan="4">H</td><td rowspan="4">新 1</td><td rowspan="4">新 2</td><td rowspan="4">新 3</td><td rowspan="4">新 4</td><td rowspan="4">新 N</td></tr>
<tr><td rowspan="3">21:00～21:30</td><td></td><td></td><td></td></tr>
<tr><td></td><td></td><td></td><td></td></tr>
<tr><td></td><td></td><td></td><td></td></tr>
</table>

＊「新」是代表可以自選有興趣的內容學習。

讓零碎的時間建大功

雖然Joe沒辦法每天撥出完整90分鐘好好坐在電腦前學英文，但從起床、通勤、午休、睡前等零碎時間中，他按照前述的學習計畫進行。

剛開始，他還設定鬧鐘每天提醒自己學習，幾天之後，他便已經養成習慣，時間到了會主動學習，而且利用零碎時間，學起來幾乎零負擔。

當第一個剪頭髮的主題學完以後，他又選擇了另一個最適合自己程度興趣的主題。

以上Joe的學習計畫代表一位每天花90分鐘學英文的上班族的決心，如果你跟Joe的狀況類似，可以直接參考他的學習計畫，再根據自己有空的時間調整時段，就可以擬定出專屬於你的學習計畫。

當然，如果你想要短時間衝刺，每天願意花三個小時學習，那很簡單，只要把以上的學習內容乘以2，就是你每天該達成的進度。

PART

4

從「攻其不背」體驗計畫式學習

攻其不背！
只要30天，馬上成為英文通

當知道怎麼安排學習計畫之後，問題接著來了：從哪裡找尋合適的教材？怎麼複習才有效？

即使坊間許多雜誌書本提供英文課程，YouTube上也有很多影音資源，但五花八門的內容品質參差不齊，也無法針對個人的學習需求量身訂做。傳統書本翻一次、兩次、三次，甚至翻到破的複習方式，真的有辦法堅持下去嗎？大部分的人看同樣的內容第二、第三次就已經覺得無趣而放棄，所以複習的方法就要有些變化，甚至要有些挑戰、趣味。

接下來我會依照初中高不同的程度，提供適合的影音檔供大家體驗練習，除了書上的例句說明外，你可以掃描一旁的QR code，進行立即的跟讀、聽寫等各種練習，試試看在影音和軟體的輔助下，是否真的更能提升自己的學習效果。

計畫 1 初級程度的實戰練習

適合程度

適合多益200至500分之間，或全民英檢初級至中級的讀者。若沒考過英文檢定測驗，只要具備基本國中基礎文法概念，即可從初級課程開始體驗。

STEP 1 學習新課程

學習重點

1. 先不看字幕，仔細聆聽影片原音後，再將字幕打開確認自己聽懂多少內容。

2. 用前面學過的方法查單字，檢視例句，找出最合適的解釋。
3. 搭配前面教過的記筆記方式，把注釋藏在周邊空白處（margin），複習的時候才不會一眼就看到解答。
4. 特別注意重點字彙、片語、文法、文化差異，以及母語人士常用說法。
5. 有些長句比較複雜，即使生字都查過也不容易理解，若能分段消化吸收，有助於百分百正確理解英文句型架構。

例句

Okay, I'll swing by ① the supermarket on my way home ②.

學習的第一個階段重點在理解文意，並且熟悉母語人士說話的節奏。輸入以下網址或掃描QR code，播放影片PT4-1，在沒有字幕的情況下，試試看能聽懂多少。

（https://www.hopenglish.com/hope-tips-gong-qi-bu-bei-beginners）

▶ 查字典做筆記

① swing by

這個片語是「順道拜訪」的意思。舉個例子，想去朋友家順道拜訪可以先問：

Can I swing by your house around 10?

（我能在十點左右順道去你家嗎？）

② on one's way home

這個片語是「在某人的歸途上、在某人回家路上」的意思。舉個例子：

I ran into Mary on my way home today.

（我今天在回家路上碰巧遇到Mary。）

Tips

1. 查字典、做筆記時應用前面教過的技巧，但複習時如果發現錯誤，隨時可以更改筆記內容。
2. 只要不熟悉或不確定的單字都要積極查詢，許多英文字彙根據不同前後文會有不同用法，學習時要盡可能的正確理解，才會更有效率。

▶ 句意解析

◆ Okay,

好，

◆ I'll swing by the supermarket

我會順道去超市

（在什麼時候去呢？）

◆ on my way home.

在我回家的路上。

所以這句就是說：「我會在我回家的路上順道去超市。」

▶ 口說練習

完整理解整句話的意思後，下一步要來跟讀訓練。首先請再

Tips

1. 在生活中跟外國人對話時，他們不會特意為我們放慢速度，因此要逼自己習慣真實語速，如此搭配跟讀訓練才能說出道地英文。
2. 重複聆聽直到熟悉母語人士的說話方式，第一次跟讀訓練先模仿換氣、停頓等說話的節奏。

次播放影片PT4-1，並嘗試模仿影片講者念出聲音。多練習幾次後把影片暫停，打開手機或錄音筆的錄音功能，念出整句話並錄音。錄好後播放出自己的聲音與影片PT4-1相互比對，找出需要修正的地方。

STEP 2 第一次複習（句子重組）

學習重點

1. 句子重組可訓練聽出關鍵字的能力，越快聽出關鍵字，越快抓住文意重點。
2. 多次訓練句子重組的速度，可幫助快速掌握英文語法結構。

經過「學習新課程」的第一個階段，相信你還記憶猶新，對於剛學過的課程印象還會有五成以上的印象，因此在第一次的複習中，讓我們藉由句子重組（unscramble）訓練，讓自己能快速掌握英文語法結構並加強印象。

▶ 句子重組

重複播放影片PT4-1，按照正確順序將號碼填入空格。

Okay, ____ _______ _____________ ______________

① the supermarket ② I'll ③ on my way home. ④ swing by

Tips

1. 建議按照句子順序重組，如果真的聽不出來，可以利用**句子開頭要大寫**或是**句子尾巴有句號**等小技巧答題。

正解：②④①③

▶ 口說練習

播放影片PT4-1，並嘗試模仿影片講者念出聲音。多練習幾次後把影片暫停，打開手機或錄音筆的錄音功能，念出整句話並錄音。錄好後播放出自己的聲音，同時播放影片PT4-1，比對兩邊並找出需要修正的地方。

Tips

2. 第二次跟讀訓練，除了**節奏**，還要模仿母語人士說話的**重音**。

STEP 3 第二次複習（聽到什麼寫什麼）

學習重點

1. 跟著影片逐字聽寫出課文內容，除了加強聽力，還可以訓練拼字的正確度。
2. 一般英語會話時能夠容忍的反應速度不超過三秒，多次重複聆聽後聽寫，能夠整合聽力和理解能力，聽過整句話就能馬上理解並反應。
3. 學習過程中不要死背單字拼法，聽到聲音利用自然發音的知識拼寫，多次練習後即可訓練正確拼字能力。

經過前面「句子重組」的練習，你應該可以記得大約七成內容，在這次的複習中，你要練習提示聽打（dictation with hints），提高拼字的正確性。

▶ 聽到什麼寫什麼

重複播放影片PT4-1，並將聽到的內容寫在空格中。遇到瓶頸真的拼不出來沒有關係，可以參考下方色字的提示，找出正確字彙填入即可。

Okay, ____ _____ __ ___ __________ __ __ ___ ____.

the my by swing supermarket I'll on way home

▶ 口說練習

播放影片PT4-1，並嘗試模仿影片講者念出後把影片暫停，打開手機或錄音筆的錄音功能，念出整句話並錄音。錄好後播放出自己的聲音，同時播放影片PT4-1，比對兩邊，找出需要修正的地方。

Tips

第三次跟讀訓練，除了節奏和重音，還要模仿母語人士說話的高低起伏。

STEP 4 第三次複習（填空練習）

學習重點

1. 藉由填空練習，將學習聚焦到最容易遺忘的重要字彙片語，就像用螢光筆為課文畫重點，加深課程重點記憶。
2. 針對重要字彙、片語、文法概念練習，藉由這個步驟訓練使用完整文句，不再光看空格字數猜答案。

經過前面「聽到什麼寫什麼」的訓練，你應該已經能記得八成內容，在第三次的複習讓我們練習克漏字測驗（cloze test），再次強化聽力並提升口說能力。

▶ 填空練習

重複播放影片PT4-1，這個測驗主要訓練的是那些容易被遺忘的重要字彙片語，注意這次的測驗不再有提示。

Okay, I'll ________ the supermarket ________________.

Tips

這個階段不再有提示，如果真的用聽的無法作答，可以偷偷翻到前頁看一看原文，再回到本頁透過聽力作答。

▶ 口說練習

再次播放影片PT4-1，並嘗試模仿影片講者念出聲音。多練習幾次後把影片暫停，打開手機或錄音筆的錄音功能，念出整句話錄音。錄好後播放出自己的聲音並播放影片PT4-1，比對兩邊找出需要修正的地方。

Tips

最後一次跟讀訓練，除了**節奏**、**重音**和**高低起伏**，你還可以模仿影片中母語人士的**咬字**、**發音**和**腔調**，至此你已經可以在同樣主題情境下說出一口流利好英文了！

STEP 5 驗收成果（聽寫測驗）

學習重點

1. 透過測驗強化記憶程度，這就是認知科學家已證實的測驗效應，所以最後的聽寫測驗也是學英文不死記硬背的關鍵！
2. 聽著影片原音逐字逐句打出完整內容，驗收學習成效。
3. 對答案打分數，量化數據評估學習成效！

經過前面每個步驟，在此你應該能夠記得超過九成的內容，在每個步驟都兼顧跟讀訓練的狀況下，你已經可以輕鬆開口說英文，最後這個階段就要來驗收你的學習成果，看看自己是否能夠聽懂所有內容。

▶ 聽寫測驗

重複播放影片 PT4-1，在沒有提示的情況下聽寫出全部內容。

Okay, ____ _____ __ ___ ___________ __ __ ___ ____.

Tips

1. 這個階段其實等同於驗收成果，同樣不會有提示，如果真的聽不出或拼寫不正確也沒關係，留著空格盡量完成整句話。
2. 聽寫時，也要注意單字大小寫以及拼字正確度，英文寫作或正式書信中，如果出現這些錯誤可是會被扣分的！

計畫 2 中級程度的實戰練習

適合多益500至800分之間，或全民英檢中級至中高級的讀者。若沒考過英文檢定測驗，只要具備基本高中到大學非英語相關科系的程度，即可從中級課程開始體驗。

STEP 1 學習新課程

學習重點

1. 先不看字幕，仔細聆聽影片原音後，再將字幕打開，確認自己聽懂多少內容。
2. 用前面學過的方法查單字，檢視例句，找出最合適的解釋。

3. 搭配前面教過的筆記方式，把注釋藏在周邊空白處（margin），複習的時候才不會一眼就看到解答。
4. 特別注意重點字彙、片語、文法、文化差異以及母語人士常用說法。
5. 有些長句比較複雜，即使生字都查過也不容易理解，若能分段消化吸收，有助於百分百正確理解英文句型架構。

例句

Each business day, shares change hands ① depending on ② how people feel about the company's future value.

學習的第一個階段重點在理解文意，並且熟悉母語人士說話的節奏。輸入以下網址或掃描QR code，播放影片PT4-2，在沒有字幕的情況下，試試看能聽懂多少。

（https://www.hopenglish.com/hope-tips-gong-qi-bu-bei-intermediate）

▶ 查字典做筆記

① change hands

「轉手」，是指所有權經由交易從一人手上被轉移到另一人手上的意思。舉個例子：

This hotel has changed hands three times since 2006.

（這間旅館從2006年起就轉手了三次。）

② depending on/upon

這個片語的意思是「取決於⋯⋯、視⋯⋯而定」。舉個例子：

We'll go on a picnic depending on the weather.

（我們會視天氣而定去野餐。）

Tips

1. 查字典、做筆記時應用前面教過的技巧，但複習時如果發現錯誤，隨時可以更改筆記內容。
2. 只要不熟悉或不確定的單字都要積極查詢，許多英文字彙根據不同前後文會有不同用法，學習時要盡可能的正確理解，才會更有效率。

▶ 句意解析

◆ Each business day,

每一個營業日，

◆ shares change hands

股票轉手

（股票怎麼樣轉手呢？）

◆ depending on how people feel

依據人們如何感受

（如何感受什麼呢？）

◆ feel about the company's future value.

感受公司的未來價值。

所以整句話就是說：「每一個營業日，股票依據人們對於公司的未來價值感受如何而轉手。」

▶ 口說練習

完整理解整句話的意思後，下一步要來跟讀訓練。首先請播放影片PT4-2，並嘗試模仿影片講者念出聲音。

多練習幾次後把影片暫停，打開手機或錄音筆的錄音功能，念出整句話並錄音。錄好後播放自己的聲音與影片PT4-2相互比對，找出需要修正的地方。

Tips

1. 在生活中跟外國人對話時，他們不會為我們特意放慢速度，因此要逼自己習慣真實語速，如此搭配跟讀訓練才能說出道地英文。
2. 重複聆聽直到熟悉母語人士的說話方式，第一次跟讀訓練先模仿換氣、停頓等說話的節奏。

STEP 2 第一次複習（句子重組）

學習重點

1. 句子重組可訓練聽出關鍵字的能力，越快聽出關鍵字，越快抓住文意重點。
2. 多次訓練句子重組的速度，可幫助快速掌握英文語法結構。

經過前面「學習新課程」階段，相信你還記憶猶新，剛學過的課程印象還有五成以上，在第一次的複習你準備開啟英語耳，透過句子重組（unscramble）訓練，讓你快速掌握英文語法結構。

▶ 句子重組

重複播放影片PT4-2，按照正確順序將號碼填入空格。

Each business day, ______________ ________________ ________________ ____________________ _____

① depending on how ② value. ③ the company's future ④ shares change hands ⑤ people feel about

Tips

建議按照句子順序重組，如果真的聽不出來，可以利用**句子開頭要大寫**或是**句子尾巴有句號**等小技巧答題。

正解：④①⑤③②

▶ 口說練習

播放影片PT4-2，並嘗試模仿影片講者念出聲音。多練習幾次後把影片暫停，打開手機或錄音筆的錄音功能，念出整句話並錄音。錄好後播放出自己的聲音，同時播放影片PT4-2，比對兩邊，找出需要修正的地方。

Tips

第二次跟讀訓練，除了**節奏**，還要模仿母語人士說話的**重音**。

STEP 3 第二次複習（聽到什麼寫什麼）

學習重點

1. 跟著影片逐字聽寫出課文內容，除了加強聽力，還可以訓練拼字的正確度。
2. 一般英語會話時能夠容忍的反應速度不超過三秒，多次重複聆聽後聽寫，能夠整合聽力和理解能力，聽過整句話就能馬上理解並反應。

3. 學習過程中不要死背單字拼法，聽到聲音利用自然發音的知識拼寫，多次練習後即可訓練正確拼字能力。

經過前面「句子重組」的練習，你應該可以記得大約七成內容，在第二次的複習中，你要練習提示聽打（dictation with hints），提高拼字的正確性。

▶ 聽到什麼寫什麼

重複播放影片PT4-2，並將聽到的內容寫在空格中，遇到瓶頸拼不出來沒有關係，可以參考下方有色提示，找出正確字彙填入即可。

Each business day, ______ _____ _____ _________ __ ___ ______ ____ _____ ___ _________ ______ ______.

how depending hands company's value future change shares the about people feel on

▶ 口說練習

播放影片PT4-2，並嘗試模仿影片講者念出後把影片暫停，打開手機或錄音筆的錄音功能，念出整句話並錄音。錄好後播放出自己的聲音，同時播放影片PT4-2，比對兩邊，找出需要修正的地方。

Tips

第三次跟讀訓練，除了**節奏**和**重音**，還要模仿母語人士說話的**高低起伏**。

STEP 4 第三次複習（填空練習）

學習重點

1. 藉由填空練習，將學習聚焦到最容易遺忘的重要字彙片語，就像用螢光筆為課文畫重點，加深課程重點記憶。
2. 針對重要字彙、片語、文法概念練習，藉由這個步驟訓練使用完整文句，不再光看空格字數猜答案。

經過前面「聽到什麼寫什麼」訓練，你應該已經能記得八成內容，在第三次的複習，讓我們練習克漏字測驗（cloze test），再次強化聽力的同時，提升口說能力。

▶ 填空練習

重複播放影片PT4-2，這個測驗主要訓練那些容易被遺忘的重要字彙片語，注意這次的測驗不再有提示。

Each business day, shares __________ ____________ how people feel about the company's future value.

Tips

這個階段不再有提示，如果真的用聽的無法作答，可以偷偷翻到前頁看一看原文，再回到本頁透過聽力作答。

▶ 口說練習

再次播放影片PT4-2，並嘗試模仿影片講者念出聲音。多練習幾次後把影片暫停，打開手機或錄音筆的錄音功能，念出整句話並錄音。錄好後播放出自己的聲音，同時播放影片PT4-2，比對兩邊，找出需要修正的地方。

STEP 5 驗收成果（聽寫測驗）

學習重點

1. 透過測驗強化記憶程度，這就是認知科學家已證實的測驗效應，所以最後的聽寫測驗也是學英文不死記硬背的關鍵！
2. 聽著影片原音逐字逐句打出完整內容，驗收學習成效。
3. 對答案打分數，量化數據評估學習成效！

經過前面每個步驟，在此你應該可以記得超過九成的內容，在每個步驟都兼顧跟讀訓練的狀況下，你應該已經可以輕鬆開口說英文，最後這個階段就要驗收你的學習成果，看看自己是否能夠聽懂所有內容。

▶ 聽寫測驗

重複播放影片PT4-2，並在沒有提示的情況下聽寫出全部內容。

Each business day, ______ _____ _____ _________ __ ___ ______ ____ _____ ___ _________ ______ _____.

Tips

1. 這個階段其實等同於驗收成果，同樣不會有提示，如果真的聽不出或拼寫不正確也沒關係，留著空格盡量完成整句話。
2. 聽寫時，也要注意單字大小寫以及拼字正確度，英文寫作或正式書信中，如果出現這些錯誤可是會被扣分的！

計畫 3 高級程度的實戰練習

適合多益800分以上，或全民英檢高級至優級的讀者。若沒考過英文檢定測驗，只要具備大學英語相關科系畢業實力，又或者已經能使用英文應付大多數生活情境的會話，即可試試這部分的高級課程。

STEP 1 學習新課程

學習重點

1. 先不看字幕，仔細聆聽影片原音後，再將字幕打開，確認自己聽懂多少內容。
2. 用前面學過的方法查單字，檢視例句，找出最合適的解釋。

3. 搭配前面教過的筆記方式，把注釋藏在周邊空白處（margin），複習的時候才不會一眼就看到解答。
4. 特別注意重點字彙、片語、文法、文化差異以及母語人士常用說法。
5. 有些長句比較複雜，即使生字都查過也不容易理解，若能分段消化吸收，有助於百分百正確理解英文句型架構。

例句

The United Nations ① was established in 1945 with the signatory of 50 countries for the express purpose of preventing the outbreak of war and averting a world war.

學習的第一個階段重點在理解文意，並且熟悉母語人士說話的節奏。輸入以下網址或掃描QR code，播放影片PT4-3，在沒有字幕的情況下，試試看能聽懂多少。

（https://www.hopenglish.com/hope-tips-gong-qi-bu-bei-advanced）

▶ 查字典做筆記

① United Nations

「聯合國」，這是一個由主權主國家所組成的國際組織，致力於維持世界和平。要注意在課文後半段也會出現聯合國的縮寫，寫作UN，描述的都是同一個機構喔！要記得不管是全名還是縮寫都要大寫。

Tips

1. 查字典、做筆記時應用前面教過的技巧，但複習時如果發現錯誤，隨時可以更改筆記內容。
2. 只要不熟悉或不確定的單字都要積極查詢，許多英文字彙根據不同前後文會有不同用法，學習時要盡可能的正確理解，才會更有效率。

▶ 句意解析

◆ The United Nations was established,

聯合國成立

（什麼時候成立呢？）

◆ in 1945

在 1945 年

（帶著什麼事情而成立呢？）

◆ with the signatory

伴隨簽署行動

（誰的簽署行動？）

◆ signatory of 50 countries

50 個國家的簽署行動

所以前半句就是說「伴隨著 50 個國家的簽署行動，聯合國在 1945 年成立」。

（是為了什麼目的而成立呢？）

◆ for the express purpose of

為了這種專門目的

（什麼事情的專門目的呢？這裡有兩件事，第一件事……）

◆ preventing the outbreak

防止爆發

（什麼事情的爆發？）

◆ outbreak of war

戰爭的爆發

（第二件事）

◆ and averting a world war.

並且避免世界大戰。

所以後半句就是說「為了防止戰爭爆發並且避免世界大戰的這種專門目的」。

▶ 口說練習

完整理解整句話的意思後，下一步要來跟讀訓練。首先請播放影片 PT4-3，並嘗試模仿影片講者念出聲音。

多練習幾次後把影片暫停，打開手機或錄音筆的錄音功能，念出整句話並錄音。錄好後播放出自己的聲音，同時播放影片 PT4-3，比對兩邊，找出需要修正的地方。

Tips

1. 在生活中，跟外國人對話時，他們不會特意為我們放慢速度，因此要逼自己習慣真實語速，如此搭配跟讀訓練才能說出道地英文。
2. 重複聆聽直到熟悉母語人士的說話方式，第一次跟讀訓練先模仿**換氣**、**停頓**等說話的**節奏**。

STEP 2 第一次複習（句子重組）

學習重點

1. 句子重組可訓練聽出關鍵字的能力，越快聽出關鍵字，越快抓住文意重點。
2. 多次訓練句子重組的速度，可幫助快速掌握英文語法結構。

經過前面「學習新課程」階段，相信你還記憶猶新，剛學過的課程印象還有五成以上，在第一次的複習讓我們透過句子重組（unscramble）的訓練，快速掌握英文語法結構。

▶ 句子重組

重複播放影片PT4-3，按照正確順序將號碼填入空格。

The United Nations was ____________________

____ ________________ ____________________

____________________ ________________

____

①countries for the express ②outbreak of war and ③established in 1945 with ④averting a world war. ⑤the ⑥signatory of 50 ⑦purpose of preventing the

Tips

建議按照句子順序重組，如果真的聽不出來，可以利用**句子開頭要大寫**或是**句子尾巴有句號**等小技巧答題。

正解：③⑤⑥①⑦②④

▶ 口說練習

播放影片PT4-3，並嘗試模仿影片講者念出聲音。多練習幾次後把影片暫停，打開手機或錄音筆的錄音功能，念出整句話並錄音。錄好後播放出自己的聲音，同時播放影片PT4-3，比對兩邊，找出需要修正的地方。

Tips

第二次跟讀訓練，除了**節奏**，還要模仿母語人士說話的**重音**。

STEP 3 第二次複習（聽到什麼寫什麼）

學習重點

1. 跟著影片逐字聽寫出課文內容，除了加強聽力，還可以訓練拼字的正確度。
2. 一般英語會話時能夠容忍的反應速度不超過三秒，多次重複聆聽後聽寫，能夠整合聽力和理解能力，聽過整句話就能馬上理解並反應。

3. 學習過程中不要死背單字拼法，聽到聲音利用自然發音的知識拼寫，多次練習後即可訓練正確拼字能力。

經過前面「句子重組」練習，你應該可以記得大約七成內容，第二次的複習中，你要練習提示聽打（dictation with hints），提高拼字的正確性。

▶ 聽到什麼寫什麼

重複播放影片PT4-3，並將聽到的內容寫在空格中，遇到瓶頸拼不出來沒有關係，可以參考下方藍色提示，找出正確字彙填入即可。

The United Nations was ____________ __ ____ ____

___ __________ __ __ __________ ___ ___ _______ _______ __

__________ ___ _________ __ ___ ___ ________ _ ______ ___.

the countries preventing for in express outbreak of war of and established 1945 with averting world war the a of signatory 50 purpose the

▶ 口說練習

播放影片PT4-3，並嘗試模仿影片講者念出後把影片暫停，打開手機或錄音筆的錄音功能，念出整句話並錄音。錄好後播放出自己的聲音，同時播放影片PT4-3，比對兩邊，找出需要修正的地方。

Tips

第三次跟讀訓練，除了**節奏**和**重音**，還要模仿母語人士說話的**高低起伏**。

STEP 4 第三次複習（填空練習）

學習重點

1. 藉由填空練習，將學習聚焦到最容易遺忘的重要字彙片語，就像用螢光筆為課文畫重點，加深課程重點記憶。
2. 針對重要字彙、片語、文法概念練習，藉由這個步驟訓練使用完整文句，不再光看空格字數猜答案。

經過前面「聽到什麼寫什麼」訓練，你或許已能記得八成內容，在第三次的複習中，你要做克漏字測驗（cloze test），再次強化聽力並提升口說能力。

▶ 填空練習

重複播放影片PT4-3，這個測驗主要訓練那些容易被遺忘的重要字彙片語，注意這次的測驗不再有提示。

The ______ _______ was established in 1945 with the signatory of 50 countries for the express purpose of preventing the outbreak of war and averting a world war.

Tips

這個階段不再有提示，如果真的用聽的無法作答，可以偷偷翻到前頁看一看原文，再回到本頁透過聽力作答。

▶ 口說練習

再次播放影片PT4-3，並嘗試模仿影片講者念出聲音。多練習幾次後把影片暫停，打開手機或錄音筆的錄音功能，念出整句話並錄音。錄好後播放出自己的聲音，同時播放影片PT4-3，比對兩邊，找出需要修正的地方。

Tips

最後一次跟讀訓練，除了**節奏**、**重音**和**高低起伏**，你還可以模仿影片中母語人士的**咬字**、**發音**和**腔調**，至此你已經可以在同樣主題情境下說出一口流利好英文了！

STEP 5 驗收成果（聽寫測驗）

學習重點

1. 透過測驗強化記憶程度，這就是認知科學家已證實的測驗效應，所以最後的聽寫測驗也是學英文不死記硬背的關鍵！
2. 聽著影片原音逐字逐句打出完整內容，驗收學習成效。
3. 對答案打分數，量化數據輕鬆評估學習成效！

經過前面每個步驟，在此你已經可以記得超過九成的內容，在每個步驟兼顧跟讀訓練的狀況下，你已經可以輕鬆開口說英文，最後這個階段就要驗收你的學習成果，看看自己是否能夠聽懂所有內容。

▶ 聽寫測驗

重複播放影片PT4-3，並在沒有提示的情況下聽寫出全部內容。

The United Nations was ___________ __ ____ ____

___ _________ __ __ _________ ___ ___ _______ _______ __

_________ ___ ________ __ ___ ___ ________ _ _____ ___.

Tips

1. 這個階段其實等同於驗收成果，同樣不會有提示，如果真的聽不出或拼寫不正確也沒關係，留著空格盡量完成整句話。
2. 聽寫時，也要注意單字大小寫以及拼字正確度，英文寫作或正式書信中，如果出現這些錯誤可是會被扣分的喔！

PART

5

用計畫式學習
準備多益考試

準備 1 評測英文能力的多益考試

計畫式學習的目的是全面提升英文聽、說、讀、寫的能力。當英文程度突飛猛進後，我們在學校面對各種升學考試，包括學測和大學聯考（後來的指考）、為了出國留學考的托福（TOEFL），或為了求職考的多益（TOEIC），都能夠輕鬆取得高分。

近年來，多益英語測驗在臺灣相當流行，舉凡求職面試、升遷、學校畢業門檻，許多機構用多益測驗成績作為生活英語應用的評量，因此我在本章節和大家額外分享一些準備多益考試的小技巧。

多益考試的重點和簡介

多益總分990分，聽力、閱讀各占495分。在開始準備考試之前，一定要先想想「為什麼要考多益？」、「需要考到幾分以上？」才會比較有目標。

對學生來說，大部分大專院校學士班設立的畢業門檻在500到600分之間，外語相關科系的要求會較高，落在500到800分之間，研究所和博士班也有更高的畢業門檻，會因科系而異。

對求職者來說，若是要找平常較少用到英文的工作，可以600分為目標；若是要找常會應用英文的工作，可挑戰800分；若目標是知名外商、國際業務、機師、空姐等等，擁有較優的薪資福利，多益900分以上比較有機會。

多益考試的內容以「生活、職場」為主，題材相當多元（參考下方表格），能充分測試應試者各方面生活化的英文應用能力。

另外，要注意的是，多益考試的成績僅有兩年效期。若兩年後想換工作，平時務必要常常接觸英文，就算不提升程度也至少要維持目前水平，否則要重考多益時，發現自己曾經努力很久才擁有的英文程度，因為太久沒接觸已經掉到救不回來的境界，真的會欲哭無淚！

多益考試的題材範圍

一般商務	契約、談判、行銷、銷售、商業企劃、會議
製造業	工廠管理、生產線、品管
金融／預算	銀行業務、投資、稅務、會計、帳單
企業發展	研究、產品研發
辦公室	董事會、委員會、信件、備忘錄、電話、傳真、電子郵件、辦公室器材與家具、辦公室流程、文字簡訊、即時通訊、多人互動線上聊天
人事	招考、雇用、退休、薪資、升遷、應徵與廣告
採購	比價、訂貨、送貨、發票
技術層面	電子、科技、電腦、實驗室與相關器材、技術規格
房屋／公司地產	建築、規格、購買租賃、電力瓦斯服務
旅遊	火車、飛機、計程車、巴士、船隻、渡輪、票務、時刻表、車站、機場廣播、租車、飯店、預訂、脫班與取消
外食	商務／非正式午餐、宴會、招待會、餐廳訂位
娛樂	電影、劇場、音樂、藝術、媒體
保健	醫藥保險、看醫生、牙醫、診所、醫院

（參考來源：http://www.toeic.com.tw/about_test2.jsp）

以下除了跟大家介紹多益聽力測驗和閱讀測驗的各大題型和解題技巧，還會教大家如何利用本書中各種英文學習概念獲得更好的成績，希望大家不只考試得高分，還能在生活中自如應用英文，成為實力派高手。

準備2 聽力題型與考試技巧

多益聽力測驗總共有100題，需時45分鐘，採取畫卡作答。針對整體聽力測驗的一個作答小技巧是，畫卡時先標記答案就好，不需要在作答時畫好畫滿，因為每題音檔只會播一次，錯過就回不去了。聽力測驗結束，進入閱讀測驗時，再快速將卡片畫完整。

另外，音檔中的聲音有男有女，並搭配各國腔調，例如北美腔、英國腔、紐澳腔，以測試應試者適應不同腔調的能力，所以平日練習就要多熟悉各種不同腔調。

聽力測驗的題型有四個：「照片描述」（共六題）、「應答問題」（共25題）、「簡短對話」（共39題）、「簡短獨白」（共30題）。想要提高分數，瞭解出題方式和答題技巧一定能讓你如虎添翼！

照片描述

照片有可能為「人物」、「場景或物件」或「人物搭配場景或物件」。背景則會是各種生活工作時常見的場景，例如家中、街上、辦公室、教室、餐廳、超市、購物中心、車站、機場、醫院等。

考試技巧

在音檔播出前，先快速瞄一下圖片，瞭解「人物之間的關係」、「人物的動作」、「人物和物品間的關係」、「地點場景」等，並快速預想可能會聽到哪些相關的英文字。

例如，例題的圖片中兩個人物的關係，看起來應該是「父子關係」，所以可能會聽到father、man、son、kid、child、boy等。這兩個人的動作像是「說話、吃甜點」，所以音檔有可能會出現talk、chat、have dessert、eat cake等。地點則會是「餐廳、咖啡廳」，所以也許會聽到restaurant、cafe等。

先仔細觀察圖片，並有心理準備可能會聽到什麼樣的句子，就不會那麼慌張嘍。

另外要注意，這樣的題型很常利用相似字誤導考生。例如chat和chase開頭的發音有點類似，若考生對單字不夠熟悉，就有可能會掉入陷阱，一定要仔細聽清楚。

例題示範

考試時，你可能會在題本上看到類似以下的圖片：

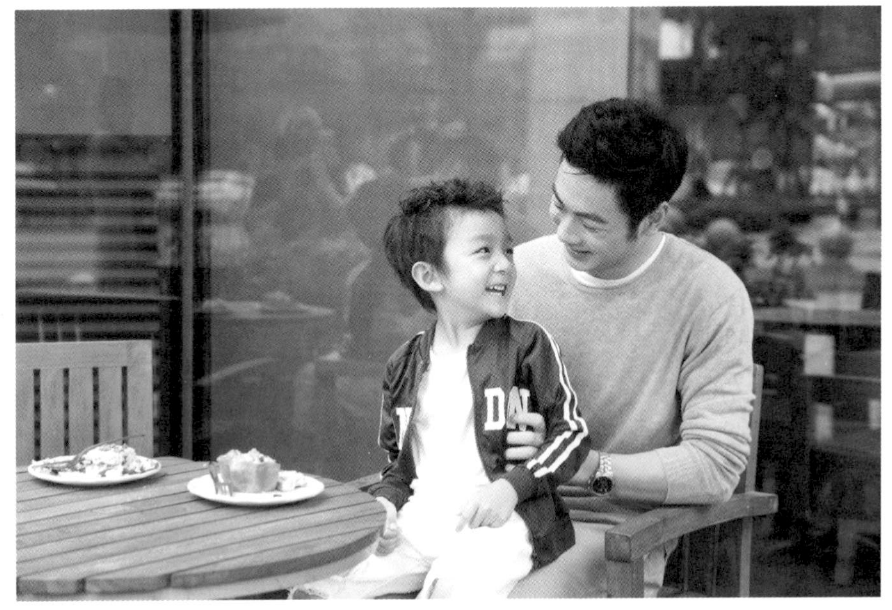

接著你會聽到音檔播出四個句子：

（A）The man is scolding his son.

（B）The man is eating pizza with his son.

（C）The man is chatting with his son.

（D）The man is chasing his son.

聽完之後，就要在答案卡上面選（A）（B）（C）（D）其中一個符合照片描述的選項。

▶ 題目解答

正解：（C）

▶ 翻譯

（A）男人正在責備他的兒子。

（B）男人正在和他的兒子吃披薩。

（C）男人正在和他的兒子聊天。

（D）男人正在追他的兒子。

學習觀念

這類型的題目主要是測驗大家透過聽聲音找出關鍵字的能力，不只要累積足夠的生活、辦公室情境的字彙片語，還要熟悉它們的發音。

想特別加強這個大題，首先找出生活化、辦公室相關的主題式課程，利用前面教過的查字典技巧和筆記祕訣確保自己正確理解學習，接著透過重複聆聽和跟讀訓練，熟悉那些字彙片語的發音，配合計畫式學習讓英文知識成為永久記憶。

另外，前面一章中在各級體驗課程裡被大量應用的句子重組（unscramble）練習，也可以幫助訓練聽出關鍵字的能力，大家在做計畫式學習的時候，可以特別多做幾次這方面的練習。

應答問題

在這個大題，題本上不會有任何圖片或文句，你只會聽到A和B兩個人的一問一答。

考試技巧

這個題型主要是在考驗大家進行英文對話時，會不會牛頭不對馬嘴。

音檔播出的當下，一定要特別注意聽開頭語，例如開頭是When、Where、What、Who、Why、How哪個疑問詞？接著再快速預測另一個人可能會做出什麼回應。

像這題開頭是How come（為什麼），就可以預測回答可能會有because（因為），後面再接著該微波爐expensive（昂貴的）的原因，有什麼特別的優點。

另外，這種題型很喜歡拿A說的句子中的關鍵字來設陷阱。例如選項（A）就用了關鍵字expensive和microwave，選項（C）用了關鍵字expensive，但這兩個選項依照文意都不是正確回應，反而是沒有這些關鍵字的選項（B）才是正解。

例題示範

Man: How come this microwave is so expensive?

Woman:

（A）It's the most expensive microwave I have ever bought.

（B）It's because it comes with a three-year warranty.

（C）It's expensive, but I just love this brand.

聽完之後，就要在答案卡上面選（A）（B）（C）其中一個適當的回應選項喔。

▶ 題目解答

正解：（B）

▶ 翻譯

男人：為什麼這個微波爐那麼貴？

女人：

（A）它是我至今買過最貴的微波爐。

（B）這是因為它有三年的保固期。

（C）雖然它很貴，但我就是喜歡這個品牌。

學習觀念

這類型的題目除了聽力和關鍵字能力以外，也要求對於問題的理解認知能力和作答的邏輯思考能力。針對日常、辦公室會話慣用語想要直覺反應，需要累積足夠語料，對這些用法夠熟悉。當聽到關鍵疑問詞，直接英文思考找出最合適的選項。

這個大題當然也是著重職場和生活中的基礎會話，找出相關的主題會話課程，利用前面提過的各種技巧，搭配計畫式學習讓英文對話變成反射動作，加強用英文邏輯去思考的能力。學習過程中可以特別多做跟讀訓練，當開口一問一答成為習慣，回答這類型的題目就更加遊刃有餘。

簡短對話

這個大題是聽力題目最多的，占了三分之一以上（共39題），而且比較有挑戰性，因為需要先聽完兩人以上的對話。

考試技巧

在音檔播出之前，一定要先快速瞄一下三道題目，好讓自己在聆聽對話的過程中抓住重點。例如，若已經先看到題目問What happened to Sandy?音檔播放時你聽到Sandy就會特別集中精神，也比較容易聽出關鍵動作。

一旦開始播放音檔，不管有沒有看完題目，都要專心聽對話。若聽到時間、地點、數字、人物、原因理由、如何做到某事、在做某件事等內容，或者有but、however、although、if等轉折語，都要豎起耳朵專心聽。

例如在這個對話中，第一個「地點」是new branch in London（倫敦的分公司），「時間」是Next Friday is her last day in our department（下星期五是她在我們部門的最後一天），第二個「地點」是this cafe near our office（我們公司附近的咖啡廳），這些都有可能是重點，要特別注意聽。

同時，要小心煙霧彈birthday party（生日派對）和Mother's Day（母親節）都是和主軸「幫Sandy辦歡送會」不相干的資訊，不要被騙了。

聽完整段對話後，音檔會播出題本上的題目，並間隔幾秒讓你作答。作答時要快速，可以的話就不要等音檔，因為趕快做完題目才可以先看下一個題組的問題。若有不確定的地方，就讓它去吧，趕快猜一個答案，並把握之後的題目。

例題示範

Man: Hey, guys! You sound very excited.

Woman 1: Sandy is going to transfer to the new branch in London. Next Friday is her last day in our department, so we are discussing when and where to throw her a farewell party.

Man: You can check out this cafe near our office. A friend of mine once had a birthday party there, and she said the atmosphere is quite cozy and pleasant.

Woman 2: I have been to this cafe before to celebrate Mother's Day. It was truly an amazing place with fantastic food and service.

Woman 1: Great! I'll swing by this cafe on my way home today and see if this is the right place for our party.

聽完音檔後，接著回答題本上的三個問題，並從（A）（B）（C）（D）四個選項中選出正確的答案。

1. What happened to Sandy?

（A）She is thinking about where to celebrate Mother's Day.

（B）She found a new job in London.

（C）She is going to move out from her apartment.

（D）She is going to work at another branch.

2. Where are they going to have the party?

（A）In London

（B）In the office

（C）In a cafe

（D）They haven't decided yet.

3. What is the relationship between the speakers?

（A）They are classmates.

（B）They are colleagues.

（C）They are family.

（D）They are neighbors.

▶ 題目解答

正解：（D）（D）（B）

▶ 翻譯

男人：哈囉，大夥們！你們聽起來好興奮喔。

女人 1：Sandy 要調職到在倫敦的新分公司。下星期五是她在我們部門的最後一天，所以我們在討論要何時幫她辦歡送會，以及要在哪裡辦。

男人：你們可以看看這間我們辦公室附近的咖啡廳。我一個朋友曾經在那邊辦生日派對，然後她說氣氛還滿舒適、令人愉快的。

女人2：我之前曾經去過這間咖啡廳慶祝母親節。這真的是一個很棒的地方，有很讚的食物和服務。

女人1：太棒了！今天回家途中我會順道去這間咖啡廳，並看看這是否是適合我們辦歡送會的地方。

1. Sandy怎麼了？

（A）她在想要去哪裡慶祝母親節。

（B）她在倫敦找到一個新工作。

（C）她將要從她的公寓搬出來。

（D）她將要在另一間分公司工作。

2. 他們要在哪裡辦派對？

（A）在倫敦

（B）在辦公室裡

（C）在一間咖啡廳

（D）他們還沒決定。

3. 這幾個說話者之間的關係是什麼？

（A）他們是同學。

（B）他們是同事。

（C）他們是家人。

（D）他們是鄰居。

學習觀念

這類型的題目主要是測驗你的綜合能力，除了聽力、找關鍵字能力、問題理解認知能力、邏輯思考能力以外，還需要短期記憶以及歸納重點的能力。

從答題技巧得知，我們要利用音檔播放前的空檔時間，快速掃過問題選項，透過閱讀快速理解並找出關鍵字詞。接著，要在短時間內整合資訊，迅速理解聽到的對話，並找出最有用的人、事、時、地等關鍵資訊以作答。

當然對話內容還是以職場、生活為主，學習時要特別注重分段句意解析，因為對話音檔播放前的空檔非常短，要在有效的時間內閱讀並理解所有題組的問題選項，必須要能快速且正確地理解文意。練習時透過句子重組去熟悉英文句構，可以讓閱讀理解成為反射動作，不需要再多經過中文翻譯的過程。

簡短獨白

這個大題的題數占了將近三分之一（共30題），是非常容易讓人恍神的一個大題，因為從頭到尾都是同一個人一直講話，一直講話，一直講話。

考試技巧

這個大題和前一個大題要注意的地方差不多。在音檔播出之前，一樣要先快速瞄一下三個題目，比較好抓重點。開始播放音檔後，不管題目有沒有看完，都要專心聽對話。若有時間、地點、數字、人物、原因理由、如何做到某事、在做某件事等內容，或者有but、however、although、if等轉折語，都要豎起耳朵專心聽。

例如在這段描述中，「地點」是Airport MRT Station

（機場捷運站），「時間」是every 15 minutes（每十五分鐘），「人物」是our staff with green vests（穿綠色背心的工作人員），這些都是幫助答題的重點。

這題同樣有非常多容易混淆的細節，很可能讓人暈頭轉向不知道重點在哪，例如near both entrances（靠近兩個入口處）、in the main hall（在大廳裡）等不同地點。所以先瞄一下題目真的是太重要了！

聽過完整描述後，也同樣不要等題目念完才作答，要趕快做完題目，然後先去看下一個題組的問題。若有不確定的地方，不要糾結，趕快猜一個答案吧。

例題示範

Dear passengers, welcome to Airport MRT Station. To purchase tickets, you can take advantage of the automated ticket machines located near both entrances, or go to one of the ticket windows in the main hall, where you can also get route maps or any tourist information that you need. The elderly, pregnant women, the disabled, and passengers with strollers or bulky packages are advised to take the elevators. Trains arrive and depart every 15 minutes. If you need further assistance, don't hesitate to approach our staff with green vests. Thank you for choosing Airport MRT. We wish you a pleasant journey.

聽完音檔後，接著一樣是回答題本上的三個問題，並從（A）（B）（C）（D）四個選項中選出正確的答案。

1. What is the main purpose of the announcement?

（A）To assist pregnant women

（B）To instruct passengers on how to purchase tickets

（C）To provide information to passengers

（D）To inform the elderly about where the elevators are

2. How often do the trains run?

（A）Every 5 minutes

（B）Every 10 minutes

（C）Every 15 minutes

（D）Every 50 minutes

3. What should the passengers do if they need help?

（A）Head to the ticket windows.

（B）Find a worker in a green vest.

（C）Use the automated ticket machines.

（D）Take the elevators.

▶ 題目解答

正解：（C）（C）（B）

▶ 翻譯

親愛的旅客，歡迎來到機場捷運站。若要購票，您可以利用靠近兩個入口處的自動售票機，或去位於大廳的其中一個售票窗口。在售票窗口，您還可以取得路線圖或任何您需要的旅遊資訊。年長者、懷孕婦女、身障人士，以及有嬰兒推車或大件行李的旅客，建議搭乘升降電梯。每15分鐘都會有一班車。如果您需要進一步的協助，歡迎詢問穿綠色背心的工作人員。感謝您選擇機場捷運。我們祝您有趟愉快的旅程。

1. 此公告主要的目的為何？

（A）為了協助懷孕婦女

（B）為了教導乘客如何購票

（C）為了提供資訊給乘客

（D）為了告知年長者升降電梯在哪裡

2. 列車多久一班？

（A）每5分鐘

（B）每 10 分鐘

（C）每 15 分鐘

（D）每 50 分鐘

3. 如果乘客需要幫忙，他們應該要做什麼？

（A）去售票窗口。

（B）找穿綠色背心的工作人員。

（C）使用自動售票機。

（D）搭乘升降電梯。

學習觀念

這類型的題目屬於綜合能力測驗，和前一大題一樣，除了聽力、找關鍵字能力、問題理解認知能力、邏輯思考能力以外，還需要短期記憶以及歸納重點的能力。閱讀問題選項時，我們要快速理解並找出關鍵字詞，接著在短時間內整合資訊，迅速理解聽到的整段情境描述，並找出最有用的人、事、時、地等關鍵資訊以作答。

這裡的情境和前一大題不同，不再以對話為主，但描述的內容還是以各種職場、生活為主。學習時要特別注重分段句意解析，因為要在有效的時間內閱讀並理解所有題組的問題選項，必須要能快速且正確地理解文意。練習時透過句子重組訓練，讓閱讀理解成為反射動作，甩開中文思考陷阱。

如果本身處於看得懂但聽不懂的學習階段，更要特別加強重複聆聽訓練，幫助大腦將文字化的英文知識轉換成影音情境，才能真正用英文邏輯思考。

準備3 閱讀題型與考試技巧

多益閱讀測驗總共是100題，作答時間共75分鐘。測驗的題型主要可分為三大類：單句填空（共30題）、段落填空（共16題）、閱讀題組（共54題）。

大多數多益考生都有寫不完的狀況，兇手就是分數占一半左右，閱讀內容比重卻遠超過一半的「閱讀題組」！

由於閱讀測驗的答題進度是考生自己控制，不像聽力測驗只要跟著音檔答題。因此，時間掌控在閱讀測驗相對更重要，每個大題一定要設定好作答時間。單句填空和段落填空盡量不要花超過20分鐘答題，若應試時真的來不及，為了得分，還是要有所取捨，因為我們要把剩下的55分鐘拿來做耗時的閱讀題組。

答題時，如果一道題目看了十秒鐘還是完全不懂，就先暫時跳過，回頭有時間再作答，當然最後如果真的沒有時間答題，還是要猜一個答案，畢竟沒有倒扣，有猜有機會。

後面整理三大閱讀題型和答題技巧，希望幫助大家取得高分！

單句填空

這個大題會有30道小題，要從（A）（B）（C）（D）四個選項中選一個正解。

考試技巧

這個大題必考文法，尤其是動詞變化！「現在式」、「過去式」、「未來式」、「進行式」、「完成式」、「被動式」、「動名詞」、「分詞當形容詞用」、「分詞構句」、「關係代名詞被省略後的動詞變化」、「假設語氣的動詞變化」等等的使用情境都有可能出現。

例題示範一

_______ in 2012, Uncle Sam's Ice Cream has since provided superb service and the best frozen yogurt ever.

（A）Find

（B）Found

（C）Founding

（D）Founded

▶ 題目解答

正解：（D）

▶ 翻譯

創立於2012年，山姆叔叔的冰淇淋自那時候開始提供一流的服務與至今最棒的優格冰淇淋。

▶ 解說

這一題就是超經典的動詞變化題，接下來稍微講解一下為什麼答案是（D）Founded。

（1）瞭解 find 和 found 這兩個動詞有什麼關係

found除了當作find（找到）的過去式，這個字本身還有動詞「創立」的意思。

找到：find（原形）found（過去式）found（過去分詞）

創立：found（原形）founded（過去式）founded（過去分詞）

看到題目後面有年份2012，又看到Uncle Sam's Ice Cream這個店名或品牌名稱，再加上後面敘述Uncle Sam's Ice Cream一直以來做了些什麼事，可以判斷空格要用「創立」的意思，所以（A）find可以先刪掉。

（2）如何使用 found（創立）這個動詞

這個動詞的使用方式可以是「創辦人＋found＋公司名稱／品牌名稱」，例如：

Sam Smith founded Uncle Sam's Ice Cream in 2012.

（山姆・史密斯於 2012 年創立「山姆叔叔的冰淇淋」。）

若要把公司名稱或品牌名稱變成重點，就要讓它變成句子的主詞，並把動詞變成「被動式」was founded，表示「被創立」，句型是「公司名稱／品牌名稱＋be founded＋by創辦人」，例如：

Uncle Sam's Ice Cream was founded by Sam Smith in 2012.
（**山姆叔叔的冰淇淋於 2012 年被山姆‧史密斯創立。**）

（3）瞭解整個句子的架構

這裡是「分詞構句」的應用，整個句子原本是由以下兩個句子組成：

（1）Uncle Sam's Ice Cream was founded in 2012.
（2）Uncle Sam's Ice Cream has since provided superb service and the best frozen yogurt ever.

由於主詞一樣都是Uncle Sam's Ice Cream，為了讓句子合併起來更精簡，可以把次重要的那句的主詞省略，如果有be動詞，連同那個be動詞一起省略，所以把第一句的Uncle Sam's Ice

Cream was統統刪掉，和第二句併在一起，就可以變成一個我們稱為分詞構句的完整句子：

Founded in 2012, Uncle Sam's Ice Cream has since provided superb service and the best frozen yogurt ever.

例題示範二

除了動詞變化題型，還常會出判別詞性、易混淆字的題目，例如：

Charlie's Diner is a ______ restaurant chain that has been serving the homeless hot meals for years.

（A）respectful

（B）respectable

（C）respective

（D）respect

題目解答

正解：（B）

翻譯

查理餐館是一間享譽盛名的連鎖餐廳，多年來一直供應流浪漢熱食。

解說

（1）判斷這裡要放的字是什麼詞性

看到a ______ restaurant chain（一間怎麼樣的連鎖餐廳），就可以推測這裡是要放「形容詞」，因此只能當「名詞」和「動詞」的（D）respect就可以直接刪掉嘍。

（2）瞭解前面三個形容詞差在哪裡

若形容詞字尾是-ful，通常有「充滿……」的意思，所以（A）respectful就有「充滿尊敬的」的意思，例如You should be more respectful of different opinions.（你應該要更尊重不同的意見。）由於restaurant chain不是人，不會「充滿尊敬」，所以答案絕對不是（A）respectful。

字尾 -able 有「可被……的」的意思，所以（B）respectable 就是形容詞「可被尊敬的、值得尊敬的」，在這裡依照前後文也可以譯作「享譽盛名的」。

（C）respective（各自的）則和「尊敬」沒什麼關係，真的是來混淆視聽的！

學習觀念

我們可以發現，這個大題基本上就是在測驗同學們的英文硬實力，雖然包含許多文法概念以及生活應用，但題目也不會刁鑽到需要死背規則。像這類的考題，用前面我教大家的計畫式學習法累積英文程度，看到題目其實就跟日常生活中想要表達自己一樣，根本不需要思考所謂文法規則，自然反應就知道該怎麼選出正解嘍！

針對職場、生活主題的學習過程，要特別注意聽老師講解，因為那些文法應用的魔鬼往往就藏在講解中的細節裡。透過老師給的例句，更加熟悉那些文法重點在日常生活怎麼應用，你會發現有時候回答這類問題，連題目都還沒看完，就已經自然反應出正確答案。

當然，如果本身的文法基礎不夠，建議先把學習基礎文法概念章節提到的清單完成，會對學習過程中理解學習內容大有幫助。

段落填空

第二大題題目較少，通常有四個題組，每個題組四小題，共16題。

考試技巧

和前一大題相似，「段落填空」也愛考文法、易混淆字等等，只差在這個大題是以完整文章的形式呈現，而且會加考和第三個題目一樣的「整句填空」。答題時通常不需要每一個字都看，先閱讀空格前後文即可作答。

例題示範

Dear Mr. Brown,

We ___1___ the third revision of the visual design for your company's new user interface. Please see the ___2___ PDF files for more information.

This time we integrated your suggestions from the last meeting into the design, making changes to some of the colors, patterns, as well as the logo position. ___3___

In addition, we would like to ___4___ for the unexpected delay of this revision. Thank you again for choosing Newleaf Design as your partner.

Have a nice weekend!

Best wishes,

Mary Simpsons

1.

（A）complete

（B）are completing

（C）have completed

（D）have been completed

2.

（A）attach

（B）attached

（C）attaching

（D）attachment

3.

（A）If you have any feedback, feel free to bring it up in the meeting next Monday.

（B）Let us know as soon as possible if you want to choose Newleaf Design as your partner.

（C）Please send us the PDF files by the end of this week.

（D）In addition, our customers commented that our new

design is too bright.

4.

（A）sorry

（B）thank

（C）apologize

（D）appreciate

▶ 題目解答

正解：（C）（B）（A）（C）

▶ 翻譯

親愛的布朗先生，

我們已經完成第三次貴公司新使用者介面的修改。請查看附上的 PDF 檔以瞭解更多。

這一次我們把您上次會議中的建議整合進此設計裡，更改了一些顏色、圖案，以及商標的位置。如果您有任何的意見回饋，歡迎在下星期一的會議中提出來。

而且，我們想要為此次修改意想不到的延遲而道歉。再次感謝您選擇新葉設計作為您的夥伴。

祝周末愉快！

致上最真誠的祝福

瑪莉・辛普森

1.

（A）完成

（B）正在完成

（C）已經完成

（D）已經被完成

2.

（A）附上

（B）被附上的

（C）正在附上的

（D）附檔

3.

（A）如果您有任何的意見回饋，歡迎在下星期一的會議中提出來。

（B）如果您想要選擇新葉設計作為您的夥伴，盡快讓我們知道。

（C）請在這星期結束前把 PDF 檔寄給我們。

（D）而且，我們的顧客認為我們的新設計色彩太亮。

4.

（A）對不起

（B）謝謝

（C）道歉

（D）感激

▶ 解說

第1題

由文意推敲，可知是要表達「已經完成」修改，因此會用動詞complete的完成式（C）have completed。

第2題

看到 the ______ PDF files（某個怎麼樣的PDF 檔案），可以推測空格這裡要放「形容詞」，因此就先把「動詞」（A）attach和「名詞」（D）attachment刪掉。因為檔案一定是「被」附上的，所以會用過去分詞（B）attached來當形容詞，不會用（C）attaching 。

第 3 題

要答對「句子填空」的題目，就要先瞭解一下空格前後在說什麼。前一句主要是在告知客戶「這次對哪些部分進行修改」，因此這裡接「如果您有任何的意見回饋，歡迎在下星期一的會議中提出來」語意才通順喔。

第 4 題

看到後面有the unexpected delay（意想不到的延遲）這個負面的詞，就知道前面要填道歉相關的字了，因此可以先把（B）Thank和（D）appreciate刪掉。接著看到前面是would like to（想要做某事），後面會接「原形動詞」，因此只剩下（C） apologize是正解嘍。（A）sorry通常是當「形容詞」用，如果在這句會這樣說「I am sorry for the unexpected delay.」。

學習觀念

這類題型就和前一大題相同，也是在測驗同學的英文硬實力，學習需要注意的事項也和前面很類似，用計畫式學習法累積日常生活的英文程度，看到題目其實就跟日常生活中想要表達自己一樣，根本不需要思考所謂文法規則，自然反應回答！

唯一稍有不同的是，在這類題目中，有時前後文也可能影響作答的文法時態或用字遣詞，訓練時要更加注意聽老師講解並正確理解文意，因為一點點文法上的變化就有可能改變整段內容想要表達的重點。對照老師給的句意解析，確保自己完整理解文意，對這類型題目的反應有很大的幫助。

閱讀題組

「閱讀題組」共有54題，占了全部閱讀題型的一半以上，其中包含「單篇閱讀」（共29題）、「雙篇閱讀」（共十題）、「三篇閱讀」（共15題）。

考試技巧

文章那麼長，千萬不要傻傻地把文章都讀完才答題啊！這個大題的作答技巧就是先看題目，再回頭找答案。

例題示範

Sunshine Travel has been offering a wide array of authentic experiences in Eastern European countries since 2010. With local offices in Tallinn, Warsaw, Prague, Zagreb, and Moscow, we believe we can offer you the best of each destination. We cooperate with a number of reputable travel experts, handpick various local gourmet restaurants, and select quality three- to five-

Sunshine Travel
Explore the Heart of Eastern Europe

Package Code	Dates	Departs	Itinerary	Price
HT1328	Oct 1–8	Berlin	・Tallinn ・Riga ・Vilnius	€ 890
FW3485	Oct 3–9	Munich	・Warsaw ・Lodz ・Krakow	€ 780
BP6102	Oct 12–19	Berlin	・Prague ・Karlovy Vary ・Cesky Krumlov	€ 835
MM8653	Oct 23–30	Munich	・Moscow ・Saint Petersburg	€ 980

＊Prices include round-trip plane tickets, local transportation, accommodations, meals, insurance, admission to museums, and English/German speaking tour guide. Prices do not include tips.

star hotels to ensure you an unforgettable travel experience.

An Eastern Europe vacation is more affordable than one to Western Europe and boasts the same amazing combination of history, culture, food, and many more adventures just waiting to be explored. There are fantastic optional excursions available at each destination, such as a historic tour of a famous Nazi concentration camp near Krakow, cooking lessons with a Russian chef in Saint Petersburg, a two-hour trip to the creepy Bone Church near Prague, and so much more!

To make a reservation, please click here.

To change or cancel an existing reservation, please send us an email at service@sunshinetravel.com or call us at（+49）3026050 on weekdays from 9:00 to 18:00. Please note that changes or cancellations made within 14 days before departure will incur a 30 percent processing fee.

To: service@sunshinetravel.com

From: Emily Juliff

Date: Sept. 15

Subject: My trip to the Czech Republic

To Whom It May Concern:

I am writing this email to ask about my trip to the Czech Republic. I made a reservation for four of my friends and me on your website on Aug. 10. We are all looking forward to enjoying the beauty of Prague and other tourist attractions! However, one of my friends will not be able to make it due to an urgent business matter. Please let me know what I need to do to cancel her reservation. Thank you!

Best regards,

Emily Juliff

---

1. What can be said about Sunshine Travel?

(A) It specializes in unique trips all over Europe.

(B) It has five offices in Eastern Europe.

(C) It offers French tour guide services.

(D) Its customers can cancel any trips without extra cost.

2. What is not included in the prices of the packages?

（A）Hotels

（B）Food

（C）Tips

（D）Insurance

3. What activity is available for those who are traveling to Krakow?

（A）Camping

（B）Learning about Nazi history

（C）Cooking local food

（D）Visiting a special church

4. What is the package code for the trip where travelers can take cooking lessons?

（A）HT1328

（B）FW3485

（C）BP6102

（D）MM8653

5. What can be inferred about Emily?

（A）She doesn't have to pay a cancellation fee.

（B）She is going to Eastern Europe with her family.

（C）She wants to reserve a trip to Bone Church.

（D）She needs to change travel dates.

▶ 題目解答

正解：（B）（C）（B）（D）（A）

▶ 翻譯

陽光旅遊從20十年起，提供各式各樣在東歐國家的道地體驗。我們在塔林、華沙、布拉格、札格雷布，和莫斯科當地設有辦公室，相信我們能將每個景點的精華完美呈現給您。我們和許多受到好評的旅遊專家合作、嚴選各種當地美食餐廳，並挑出品質優良的三星至五星級旅館，以確保您有個難忘的旅行體驗。

一趟東歐之旅比去西歐旅行的負擔還要更小，且同樣擁有令人讚嘆的歷史、文化、美食，以及更多活動等著您來探索。在每個景點都有絕佳的額外行程供您選擇，例如克拉科夫附近著名的納粹集中營歷史導覽、聖彼得堡俄國主廚的烹飪課、花兩個小時參觀布拉

陽光旅遊
探索東歐之心

套裝行程代碼	日期	出發	路線	價格
HT1328	十月1-8	柏林	・塔林 ・里加 ・維爾紐斯	€ 890
FW3485	十月3-9	慕尼黑	・華沙 ・羅茲 ・克拉科夫	€ 780
BP6102	十月12-19	柏林	・布拉格 ・卡羅維瓦利 ・庫倫洛夫	€ 835
MM8653	十月23-30	慕尼黑	・莫斯科 ・聖彼得堡	€ 980

＊價格包含來回機票、當地交通、住宿、餐點、保險、博物館門票，以及英文／德文導覽。價格不包含小費。

格附近令人毛骨悚然的人骨教堂，還有更多！

若要預訂行程，請點這裡。

若要更改或取消現有的預訂，請寄email到service@sunshinetravel.com 給我們，或於周一到周五9：00～18：00來電（＋49）3026050。請注意，出發前14天內若有更改或取消的狀況，將會被收取30%的處理費。

收件人：service@sunshinetravel.com

寄件人：Emily Juliff

日期：九月十五號

標題：我的捷克之旅

您好，

我寫這封信是要詢問關於我的捷克之旅。我在八月十號時有在您的網站上為我自己和四位朋友預訂行程。我們都很期待能享受布拉格和其他觀光景點的美麗景色。然而，我其中一個朋友因為工作上有緊急的事而無法參加。請讓我知道我該怎麼做才能取消她的預訂。謝謝！

致上最高的問候

艾蜜莉．朱立夫

---

1. 關於陽光旅遊，哪一個敘述是正確的？

（A）它專做整個歐洲的特殊行程。

（B）它在東歐有五個辦公室。

（C）它提供法文導覽服務。

（D）它的顧客可以免費取消任何行程。

2. 套裝行程的價格不包含以下哪個項目？

（A）旅館

（B）食物

（C）小費

（D）保險

3. 那些要去克拉科夫旅遊的人可以參加什麼活動？

（A）露營

（B）學習納粹歷史

（C）做當地的料理

（D）參觀一個特別的教堂

4. 旅客可以上烹飪課的套裝行程代碼為何？

（A）HT1328

（B）FW3485

（C）BP6102

（D）MM8653

5. 關於艾蜜莉哪個推斷是正確的？

（A）她不需要付取消行程的費用。

（B）她要和她的家人去東歐。

（C）她想要預訂去人骨教堂的行程。

（D）她需要更改旅行日期。

▶ 解說

第 1 題

這題是問關於陽光旅遊的描述哪個正確，答案通常會藏在第一個表格和第二個網站內容中，第三個顧客寄來的email可以先不看。

（A）選項中的「地點」all over Europe很可能是陷阱，回頭看文章時，看到的都是Eastern Europe，就知道這個選項錯了。

（B）選項的「數字」five offices通常是關鍵。找到office這個字後，看到後面有五個城市名Tallinn、Warsaw、Prague、Zagreb、Moscow，即可確定這個是正解。

（C）選項的French tour guide是否在文章中有出現？只找到English／German speaking tour guide，所以這個也錯。

（D）選項的can cancel any trips without extra cost不對，因為找到在講取消訂單的地方，就可以發現14天內取消會收取「a 30 percent processing fee」。

第 2 題

看到題目中的「主詞」prices和「動詞」is not included，就要回頭找是否文章中有出現這兩個關鍵字。在第一個表格下方很明顯寫著「Prices include..., Prices do not include...」。這題根本是送分題啊！

第 3 題

問題中的「疑問詞」What activity和「專有名詞」地名Krakow是關鍵字。回頭找文章中有 Krakow出現的地方，就可以看到「a historic tour of a famous Nazi concentration camp near

Krakow」。這題稍微找一下就能找到答案，也還算簡單。

第 4 題

問題中的cooking lessons是關鍵字。回頭找有cooking lessons出現的地方，會看到「cooking lessons with a Russian chef in Saint Petersburg」，就知道想要參加這個行程就要去Saint Petersburg，所以回到表格中找到Saint Petersburg的套裝行程代碼，就可以找到答案了。

第 5 題

問題中的「專有名詞」人名Emily是關鍵字，因為在第三部分的email裡面Emily才首次出現，我們可以合理判斷線索大部分在email中。

選項（A）要思考的地方比較多。首先，前面提到cancellation fee的部分，有說過「Please note that changes or cancellations made within 14 days before departure will incur a 30 percent processing fee」，也就是說，只要出發前14天取消就不用手續費。接著看到Emily要去Prague，出發時間是10／12，而她寫email的時間是9／15，很明顯是在出發前14天之外，所以確定取消可以免手續費。

選項（B）的 with her family 可能是陷阱，回頭看email並沒有提到family，只看到four of my friends，所以這個選項不對。至於為什麼「地點」Eastern Europe不是重點呢？因為這邊所有的行程都是在東歐，所以Emily一定是去東歐，不會去別的地方喔。

選項（C）的「專有名詞」Bone Church是關鍵字，但Emily的email裡面完全沒有提到這個行程，也不需要考慮。

選項（D）的「動作」change travel dates是關鍵字，但Emily來信是希望取消其中一位朋友的行程，而不是想要更改日期，也不做考慮。

學習觀念

這類型的題目其實就是閱讀理解能力的整合，有時候測驗的甚至是邏輯思考能力。就像在職場上，要怎麼從客戶往返的email中迅速找出重點並解答他們的問題，又或者像是在生活中，要網購時怎麼從密密麻麻的說明裡找到重點並下單，透過有效率的閱讀技巧可以幫助快速理解，同時做出正確決定。

平時透過計畫式學習法累積英文程度，閱讀題目選項找重點時，可以非常快速的找出解題所需要的關鍵字彙、片語或資訊。只要多接觸生活、職場情境中的各式多益相關主題，熟悉在那些場景中應用的語料，閱讀時根本不需要經過中英文思考轉換，直接理解段落內容。這樣才能在龐大的閱讀內容中快速作答。

結語
在生活與工作
都能自如的運用英文

瞭解考試技巧有助於提升多益成績，但會考試技巧可不代表你有「在日常生活中應用英文」的實力！很多學生雖然多益得到900分，但在生活中用英文解決問題的能力依舊不理想。代表公司參加國際會議、上YouTube看熱門影片、在國外認識新朋友，依舊覺得聽力跟不上，需要中文翻譯。想用英文表達卻仍用中文思考，卡卡英文搭配濃厚台腔，真的很尷尬。

多益考試雖然以職場應用為主，但其實還是有很多生活化的主題，例如旅遊、購物、餐廳、娛樂……等。因此，平常盡量涉獵多元主題的英文知識，才不會等到臨時要用了都開不了口。

另外，在臺灣傳統教育體制下長大的人，通常會對英文母語人士真實的聲音比較恐懼，尤其是我們較不熟悉的英國腔、澳洲腔。但在全球化的時代，若要和世界接軌，勢必要有能適應多元腔調的能力，也因此近來各類英文檢定考試，除了我們熟悉的北美腔，也會出現英國腔、澳洲腔甚至南非腔，以測驗大家英文耳的靈活度。

其實不同腔調這部分很好解決，當程度提升以後，只要在一段時間內，密集的將自己沉浸在那個腔調的母語人士聲音中，很快就可以習慣他們講話的節奏、高低起伏、抑揚頓挫等等。剛開始練習時，要搭配「中英雙字幕」，確保自己理解教材內容，學習起來才會有效率。

使用本書最精華的計畫式學習法，密集訓練，你在聽力和口說方面很快就能看到成效。然而在閱讀方面，就真的是實力的累積，如果字彙量不夠或對英文結構的理解不足，會造成閱讀困難。考試時不能查字典，如果缺乏閱讀能力，很多題目根本看不完，或是看到後面就忘了前面，所以得不到分數。那到底有沒有辦法提升英文理解思考速度？答案是有的！

方法很簡單，到這裡你也許已經知道了，就是要累積英文實力，「短期、密集、大量」的接觸英文，讓自己沉浸在英語環境裡，並重「聽、說、讀、寫」的全方位能力，熟悉這個語言的邏輯。而所謂「短期、密集、大量」也沒有一定的標準，只要根據自己的時間合理安排適當的學習計畫即可，最重要的還是要把學習英文養成習慣。例如，你是忙碌的上班族，可以從每天30分鐘到一小時開始挑戰；若是時間較自由的學生，則可以效仿我和弟弟，嘗試每天三小時以上的英文魔鬼訓練，讓自己連做夢都會說英文。

如果希望自己不只是「考試達人」，想要真正提升程度，在日常生活中說上一口流利的英文，那你需要好好利用計畫式學習法，持之以恆，把英文學習養成習慣。如果非得參加英文檢定考試不可，記得多做考古題練習，熟悉考試模式，擁有好程度再搭配考試方法，絕對可以幫助取得更高分。

希望我的分享能幫助大家突飛猛進，最終像我和弟弟一樣，因為具備優秀的英文能力而改變人生。看到這裡，你準備好開始學英文了嗎？我30天就搞定英文，那你呢？

國家圖書館出版品預行編目（CIP）資料

攻其不背：只要30天,馬上成為英文通／曾知立著. — 初版. — 臺北市：商周出版：家庭傳媒城邦分公司發行, 民107.11
面；　公分

ISBN 978-986-477-548-4（平裝）

1. 英語　2. 學習方法

805.1　　107016466

希平方 攻其不背 只要30天，馬上成為英文通

作　　者／曾知立
責任編輯／張曉蕊
特約編輯／陳怡君
校　　對／呂佳真
版　　權／黃淑敏
行銷業務／莊英傑、周佑潔、王瑜

總 編 輯／陳美靜
總 經 理／彭之琬
發 行 人／何飛鵬
法律顧問／台英國際商務法律事務所
出　　版／商周出版
台北市中山區民生東路二段141號9樓
電話：(02) 2500-7008　傳真：(02) 2500-7759
E-mail：bwp.service@cite.com.tw
發　　行／英屬蓋曼群島商家庭傳媒股份有限公司　城邦分公司
台北市104中山區民生東路二段141號2樓
電話：(02) 2500-0888　傳真：(02) 2500-1938
讀者服務專線：0800-020-299　24小時傳真服務：(02) 2517-0999
讀者服務信箱：service@readingclub.com.tw
劃撥帳號：19833503
戶名：英屬蓋曼群島商家庭傳媒股份有限公司　城邦分公司
香港發行所／城邦（香港）出版集團有限公司
香港灣仔駱克道193號東超商業中心1樓
電話：(852) 2508-6231　傳真：(852) 2578-9337
E-mail：hkcite@biznetvigator.com
馬新發行所／城邦（馬新）出版集團
【Cite (M) Sdn.Bhd (458372U)】
11, Jalan 30D/146, Desa Tasik, Sungai Besi,
57000 Kuala Lumpur, Malaysia
電話：(603) 9056-3833　傳真：(603) 9056-2833

內文排版／黃淑華
印　　刷／鴻霖印刷傳媒股份有限公司
總 經 銷／聯合發行股份有限公司
電話：(02) 2917-8022　傳真：(02) 2911-0053

■ 2018年（民107）11月初版
■ 2020年（民109）10月12日初版12.5刷
ISBN 978-986-477-548-4

Printed in Taiwan
城邦讀書花園
www.cite.com.tw

定價350元